Stellar
Odyssey
Trilogy
*
1

당신을 기다리고 있어

ⓒ김보영 2020

| 초판 1쇄 인쇄 | 2020년 5월 21일 |
| 초판12쇄 발행 | 2024년 10월 21일 |

| 지은이 | 김보영 |

펴낸이	박대일
편집	이문영 · 임유리 · 이지영 · 김하랑 · 임지원
마케팅	임유미
교정	김필균 · 박준용
표지그림	휘리
본문그림	김보영 · 휘리
디자인	박현주

| 펴낸곳 | 파란미디어 |
| 출판등록 | 2004년 9월 14일 제313-2004-00214호 |

주소	03992 서울시 마포구 동교로23길 14 국제빌딩 6층
전화	02.3141.5589 영업부 070.4616.2012 편집부
팩스	02.3141.5590
전자우편	paranbook@gmail.com
카페	http://cafe.naver.com/paranmedia
인스타그램	@paranmedia

| ISBN | 978-89-6371-756-2(04810) |
| | 978-89-6371-755-5(전3권) |

당신을 기다리고 있어

김보영 장편소설

차
례

첫 번째 편지

항해 1일째,

지구 시간으로 1일째

결혼식 하기 전에 친구들과 작별 인사를 나눴어. 한동안 못 볼 테니까. 정확히는 4년 6개월간 말이야. 다들 온대. 같이 사진도 찍었어. 사진 넣는 줄목걸이도 나눠 줬어. 예식장에서 사은품으로 줬거든. 오늘 찍은 사진 넣어서 목에 걸고 오라고 했어. 일일이 누군지 물어보며 민망해하지 않아도 되게 말이야. 다들 놀리더라.

"결혼이 좋긴 좋구나. 친구들 다 버리고 가는구나."

"성간 결혼 하는 자식은 다 배신자야."

나도 후딱 가는 건 아니라고 했어. 두 달이나 걸린다고 했다가 맞을 뻔했지. 광속에 이르는 데

한 달, 다시 지구에 내려서기 위해 감속하는 데 한 달. 최신 엔진에 신형 중력 완화 장치를 써도 그게 한계지.

네가 가족과 알파 센타우리로 가면서 걱정했던 걸 기억해.

"괜찮겠어. 내겐 넉 달이지만 네게는 4년 반이 넘는 시간이야. 아무리 기다림의 배로 시간을 반으로 줄인다 해도 말야. 쉽게 생각하지 마."

그때 나는 네 이마에 내 이마를 대며 말했지.

"이 늙은 여자야." 내가 말했어. "완전 땡잡았지. 네가 올 땐 내가 너보다 두 살 더 많아."

그 말을 듣고 너는 헤벌쭉 웃었지.

"야, 성간 여행 한 번 하면 사람이 평온해진다더라." 친구들이 그러더라. "원래 사람이 한두 달 멍하니 있으면 미치거나 평온해져."

놀 시간 없을 거라고 했어. 두 달 치 일할 걸 갖고 타니까. 각종 장부 정리에 회계 분석, 경쟁사 분석, 매출 분석표. 사실 나도 이게 4년 반 뒤에 무슨 도움이 될지 잘 모르겠어. 근데 회사에서도 별로 기대는 안 한대. 그냥 얼마나 성실하게 일했

나만 본다고 하더라고.

새신랑들 만나서 방 같이 쓰기로 했어. 밤마다 같이 뒹굴고 웃고 애인 자랑하고 그래. 다 바보들이라 방을 무슨 웨딩 케이크처럼 만들어 놨어. 분홍색 꽃이랑 리본도 걸어 놨는데, 승무원들이 가속 멈추면 중력 없어지고 난장판 된다고 찍찍이를 붙이며 쫓아다녔어.

참, 여기서 노래반지라는 걸 하나 샀어. 원하는 노래를 넣어 준다고 해서 당신 주려고 몇 개 넣었어. 보석 누르면 노래 나온다, 들어 볼 테야?

배는 작은 도시만 해. 카페도 있고 벼룩시장도 있어. 내가 선박 부품 납품 업체 다니긴 해도 부품만 만졌지 조립된 걸 언제 본 적이 있어야지. 그래도 여기저기 스티커로 붙어 있는 매뉴얼 보니까 기분 좋더라. 그거 편집 내가 다 했거든. 인증 사진도 찍었다.

그런데 하루쯤 지나니까 시시하더라. 우주에 나오면 별을 잔뜩 볼 수 있을 줄 알았는데, 결국 유리 너머로 보니까 뭐 보이는 게 있어야지. 밤에

집 안에 있으면 바깥 안 보이잖아. 우주는 늘 밤이고. 하지만 괜찮아. 겨우 두 달인걸.

뱃사람들은 이 항로를 '기다림의 궤도'라고 불러. 태양을 중심으로 나선을 그리며 돌다가 출발한 곳으로 돌아오지.

여기에는 다른 장소가 아니라 다른 시간대로 가는 이민자들이 타. 곧 바뀔 연금 제도나 부동산 세제를 바라고 가는 사람들도 있고, 자기들이 시대를 잘못 탔다고 믿고 떠나는 예술가들도 있어. 새로 도입되는 수능 시험을 찾아가는 수험생도 봤어. 물론 나처럼 다른 성계에서 오는 애인과 나이를 맞추러 가는 바보들도 있지.

어디로 가든 지금보다는 나을 거야. 다른 성계 이민자에 대한 차별도 많이 줄어 있을 거고, 복지 제도도 연금 제도도 좀 개선되겠지. 지구에 다글거리고 사는 사람들이 바쁘게 뛰어다니며 만들고 뜯어 고치고 나면 우리가 돌아가서 누리는 거지. 이런 걸 손 안 대고 코 푼다고 해야 하나.

당신이랑 결혼한다는 생각을 하면 자다가도 좋아서 깨. 애처럼 바둥거리다 베개를 끌어안고

콧노래를 부르며 자곤 해. 아침에 눈을 떴을 때 당신이 옆에 누워 있는 상상을 하면 좋아 죽을 것 같아. 이불을 뒤집어쓰고 아빠가 된다는 상상을 하기도 해. 우리 사이에 누워서 칭얼대는 아기도 상상해. 어떻게 두 달을 기다리지? 하루도 더 못 기다리겠는데. 얼른 보고 싶어. 사랑해.

두 번째 편지

항해 1개월째,

지구 시간으로 4년 4개월 무렵

광속에 이른 뒤에야 메일을 받았어. 두 달 늦게 됐다고. 아니, 지구 시간으로는 석 달 늦게 됐다고.

아니, 괜찮아. 어쩔 수 없지, 뭐. 배가 구조 신호를 받았고 근처에는 당신 배뿐이었다면서. 승무원이 그러는데, 흔하진 않은데 흔하지 않은 일도 아니래. 뭐라는 거야. 우주가 무한해도 항로는 정해져 있어서 종종 있는 일이라고.

조금만 더 날다 내리면 안 되냐고 했더니 그럴 수는 없대. 일단 지구에 내려서 석 달 기다리라는 거야.

우울해져서 밖을 보는데 배 옆에 상선이 정박

해 있더라고. 과자 봉지며 택배 꾸러미가 오가는 거야. 멍하니 보다가 정신이 번쩍 들었어. 저거 어디 가는 배냐고 물어보니까 여객선 돌아다니면서 물건 파는 배래. 도착일 물어보니 기막히게 석 달 뒤인 거야. 완전 땡잡았지.

내가 상선에 옮겨 탄다니까 좀 난리가 났어. 내가 뭐가 안 되느냐고 했지. 배가 바로 옆에 있는데.

"서 있는 것처럼 보이지만,"

선장은 나를 내려다보며 말했어. 그 사람 얼굴 한번 보여 주고 싶은데. 맞는 시대에 태어났으면 어디 만주 벌판 달리면서 사람 목 뎅겅뎅겅 베게 생겼더라고. 그렇게 뎅겅뎅겅 벨 것 같은 사람이 음울한 목소리로 그러는 거야.

"우린 지금 초속 29만 3000킬로미터로 날고 있수다. 아파트 조각내는 태풍이 기껏해야 초속 수십 미터라고."

물건이 오가는데 사람이 왜 못 가냐고 했더니 못 간대. 왜 못 가냐고 했더니 전례가 없대. 내가 지구가 초속 30킬로미터로 태양을 돌고, 그 태양이 은하를 초속 220킬로미터로 돌고, 그 은하는 처녀자리 은하군을 향해 초속 600킬로미터로 날아가는데 지구에 서 있는 아파트가 조각나느냐고 했지. 그런데 규정에 없다고 계속 뻗대는 거야.

너 없이 석 달이나 더 살 생각은 꿈에도 없었어. 선장한테 내가 새신랑이고 신부를 맞이하러 가는 길인데, 석 달이나 더 기다렸다간 총각귀신으로 말라 죽어서 우주 구천을 떠도는 원귀가 되어 밤마다 꿈에 나타날 거라고 했어. 못 알아듣더라고.

근데 옮겨 탄 뒤에야 아차 싶더라. 예식장 날짜를 잡아 놨잖아. 계약금도 지불했는데. 석 달 미룬다는 연락이 제대로 갈까? 계약금 안 돌려주면 어쩌지?

생각하다 보니 우리 집 빌려준 세입자도 걱정이 되는 거야. 원래 4년 반만 살고 비워 주기로 했는데. 내가 제때 안 왔다고 모른 척 거주권 같은 거 주장하면 어쩌지? 아무래도 배에서 내리자마자 집부터 달려가야겠어.

배에 있으면 움직인다는 느낌이 들지 않아. 바

람도 소리도 없어. 별빛은 기울어져 눈앞에 전부 쏠려 있어. 온 우주의 별이 다 한데 모여 섬광처럼 빛나. 여기 있다 보면 빛의 속도로 나를 스쳐 가는 것은 온 우주고, 지구며, 내 집과 친구들이고, 나는 여기에 서 있다는 기분이 들어. 그래서 내 시간도 서는 거라고.

공간과 시간이 같은 것이라는 말을 누가 했는데. 다른 시간대로 가는 건 다른 장소에 가는 것이나 마찬가지라지.

우리 아버지는 고향에서 평생을 사셨는데, 돌아가실 때쯤에는 세상을 다 돌아보고 오신 것 같았어. 실제로 그러셨을 거야. 그분이 태어났을 때와 돌아가셨을 때 우리 고향은 완전히 다른 곳이었으니까. 건물이 서고 도로가 닦이고 산이 깎이고 강이 길을 바꾸었지. 시간이 그분을 완전히 다른 공간으로 옮겨 놓았는데, 그분이 한곳에서 살았다고 누가 말할 수 있을까.

상선 선장이 물어봐서 당신 이야기를 해 줬어. 그렇게 오래 기다렸는데도 아직 사랑하느냐고 묻더라. 그래서 나는 당신을 만날 때까지 스물다섯

해를 기다렸다고 해 줬어.

　생각할수록 기분 째지지 뭐야. 당신은 내 기억 속 모습 그대로일 테니까. 하나도 변하지 않고.

　"미련이 없는 놈들이지." 선장이 술 한잔을 주면서 그러더라. "배를 타는 놈들은."

　거기까진 좋았는데 연고도 없고 가족도 없고, 있어도 안 친하고…… 하고 이어지길래 그냥 방에 들어왔어.

세 번째 편지

항해 1개월 3일째,

지구 시간으로 4년 8개월 후

미안해, 자기야.

정말 미안해. 나도 이렇게 될 줄 몰랐어.

선장이 착오로 시간선을 잘못 탔대. 얼마나 늦어지냐고 했더니 우리는 몇 분 차이 안 난대. 하지만 지구에는 3년 후에 도착할 거라는 거야. 그러면서 엄청 멀쩡한 얼굴로 제 방으로 들어가는 거야. 무슨 '기상 악화로 10분간 연착하겠습니다.' 하는 기장처럼. 아랍 옷이랑 인도 옷 입은 상인들도 주섬주섬 일어나더니 멀쩡한 얼굴로 제 방으로 가는 거야. 3년이면 뭐 대단히 늦는 것도 아니네. 우린 뭐 한 5년쯤 늦는 줄 알았지, 이런 얼굴로 말이지.

승무원이 와서 친척과 친지들에게 편지를 쓰라고 편지지를 나눠 줬어. 전자메일 같은 거 안 쓰냐고 했더니 이 배에 21세기에 만든 건 껍데기랑 엔진밖에 없대. 태양풍 경보도 무슨 태엽으로 돌아가는 알람 시계로 들어온다는 거야. 그러면서 '단순한 기계가 오래가요.' 이러는 거야.

내 편지를 그럼 어쩔 거냐고 했더니 모스부호로 바꿔서 우주에 전송한대. 그러면 가까운 데 지나던 배가 받아서 더 증폭시켜 날려 주고, 또 그걸 받은 배가 더 날려서 전해 준대. 내가 들으면서 와, 참 안전하겠군요, 왜 지금까지 우체부들이 차에서 차로 편지를 던져 전하지 않았나 몰라요, 했어.

내가 예식장을 잡아 놨다고 했어. 신부가 4.37 광년을 날아서 오고 있다고. 새신랑이 결혼식에 3년이나 늦으면 어쩌냐고 말야. 승무원이 안됐다는 표정을 짓는데 별로 안됐어 하는 것 같지도 않더라. 그러면서 중요한 일정이 있으면 보험을 제대로 든 대기업 배를 타라면서 어깨를 토닥이는 거야.

하룻밤에도 열 번씩 깼어. 편지가 가지 않을까 봐, 편지를 받아도 당신이 화를 내며 돌아갈까 봐. 화를 내며 돌아갔는데 답장도 안 써 줄까 봐. 답장을 써도 내가 못 받을까 봐.

잠들 때마다 꿈을 꿨어. 지구에 내리는데 당신이 내 친구 한 놈이랑 애 하나 떡 안고서 오는 거야. 그러면서 '편지? 못 받았는데?' 하면서 깔깔 웃는 거야. 그리고 친구들이 왁자하게 떠드는 가운데 나는 구석에서 혼자 소주나 홀짝거리는 거지.

웃지 마. 심각하다고. 세상에 그보다 비참한 일이 또 어디 있겠어.

자기야, 부탁이야.

기다려 줘.

3년만, 제발 3년만. 평생 잘할게, 응?

네 번째 편지

항해 1개월 25일째,

지구 시간으로 7년 8개월하고 25일 후

편지 잘 받았어.

편지가 그런 식으로도 가는구나. 새삼 놀랐어.
실은 내가 받은 게 더 놀랍지만. 둘 다 운이 좋았
어, 그지? 이런 말 하기엔 웃기지만.

편지는 중간에 무슨 과정을 거쳤는지 음성 메
일로 왔어. 남자 목소리로 들으니까 좀 깨더라.
내용을 알고 읽는 게 아니라 외국인이 음성 기호
를 보고 읽는 것 같았어. 알아듣기가 힘들어서 여
러 번 다시 들었어. 이해한 뒤로는 더 여러 번 들
었고.

이해해. 다 나 때문이야. 당신 잘못은 하나도

없어. 배를 갈아탄 건 정말 잘한 거야. 내가 3개월
못 기다리고 옮겼는데, 당신은 3년이었는걸.

지구에 내리자마자 그길로 배를 탔다고 했지.
표를 급히 구하느라 기다림의 배가 아니라 지질
탐사 가는 연구선을 탔다고. 그런 배는 연한 넘은
낡은 게 많다는 말도 들었어.

안 쓰는 정거장이나마 찾아 피난해서 다행이야.

울지 마. 중간중간 '흘흙흘' 하는 이상한 소리가
들려서 뭔가 한참 생각했더니, 당신 울음소리를
기계가 그렇게 읽어 주는 거더라고.

하지만 11년,
11년이라니……

다시 당신 편지를 읽었어.

「난 괜찮아. 조금 긁혔을 뿐이야. 하지만 배를
고치다가 승무원도 한 사람 죽었어. 그래도 그 사
람 아니었으면 여기까지도 못 왔대.

항해사 말이 여기를 지나는 배는 화물선이나

연구용 운행선밖에 없대.

그것도 인원이 한정되어 있어서 번호표를 뽑았어. 내 번호표로는 선택지가 둘 있는데, 두 달 더 기다리다가 알파 센타우리로 가는 빛배를 타는 것과 다음 달에 오는 지구로 가는 동면식 화물선을 타는 거래.

언제 도착하느냐고 물었더니 11년 뒤라고 했어.

선장이 빛배를 타고 돌아가라고 했어. 11년 뒤의 세상이란 건 살 만한 곳이 아니라는 거야. 거기서 쭉 살았던 사람도 살 만하지 않다고.

가겠다고 했어. 남편이 기다리고 있다고 했더니 다 웃는 거야. 11년이나 기다리는 남자는 아무도 없대.

당신이 기다릴 거라고 생각해서 가는 게 아냐. 이상하게 들리겠지만······.

이 편지가 도착했을 땐 이미 나는 잠들어 있을 거야. 답장을 해 줘. 깨어나서 볼 테니까. 당신이 어떤 선택을 했든 서운해하지 않으려 해. 나는 내 선택을 했고 당신은 당신의 선택을 한 거니까.

흘흙흘.

아니, 그렇지 않아.

너무 바라서 말로 다 할 수도 없어. 너무 바라서 차마 바랄 수가 없어. 그래서 잠을 자려고 해. 나쁜 생각을 하지 않도록.

마중 나와 주겠어? 어떤 모습으로든 좋아. 도착했을 때 아무도 없으면 많이 슬플 것 같아. 항구에 당신이 없으면 예식장에 갈 거야. 가서 혼자라도 기분 내야지.」

그리고 편지는 흘흐르흙흘흘 하는 건조한 목소리로 끝을 맺어.

미안해.

자기야,

정말 미안해.

하지만 11년을 기다릴 수는 없어.

벌써 3년이나 늦었어. 7년 반이나 지났다고. 지금 가도 내 집하고 직장이 멀쩡히 있을지 장담할 수가 없다고. 사람 3년 소식 없으면 사망자랑 동급이야. 삼촌들이 내 통장 다 털어서 조카들 나눠 줬어도 돌려 달라고도 못 한다고. 세입자가 내

집 자기 거라고 주장해도 할 말 없단 말야. 요새 경기 봐선 직장 없어졌어도 이상하지 않아. 어디 인수됐으면 옛날 직원은 받아 주지도 않아.

11년이라니, 아니, 18년이라니. 그때 가면 친구들 다 늙어서 같이 놀아 줄 사람도 없어. 18년 전 지식을 대체 어따 써? 내가 배운 게 그때 가면 다 무슨 소용 있냐고. 그때도 납품 업체 공돌이가 밥 먹고 살지 어떻게 알아? 18년이나 세상 물정 모르고 살다 뭐 해 먹고 살라고?

미안해.

나 집에 갈래. 이건 아냐. 우리가 11년 뒤에 만나 봤자 남편이 집도 절도 없는 놈팡이면 결혼이 다 뭐야. 우린 처음부터 연이 아니었나 봐. 어디서부터 뭐가 잘못되었는지는 모르겠지만 다 잘못된 거야.

건강해야 해. 몸조리 잘하고, 동면 여행 하면 몸에 안 좋다는데 오면 맛있는 거 많이 사 줄게. 마중도 나갈 거야. 그건 약속할게. 잊지 않고 나갈게. 정말이야. 사랑해.

다섯 번째 편지

항해 2개월째,

지구 시간으로 7년 9개월 후

잘 지냈어?

편지 아직 못 봤겠지?

그래. 음, 당연히 그렇겠지. 몇 년 더 걸릴 테니까. 이 편지를 볼 때엔 이미 봤겠지만.

나는, 음, 에, 그러니까, 집에 돌아왔어. 아니, 항구에 왔지. 집에는 못 갔고.

아니, 항구도 못 갔어. 땅 한번 못 밟아 보고 일주일간 배에 갇혀 있었어. 별별 조사를 다 받았어. 방역에 예방주사에 정신 검증까지 받았어. 서류를 스무 장은 썼는데 그것도 세 번 다시 썼어. 벌써 썼는데요 하면 성질을 내. 담당 부서가 서른

개는 되는 것 같았어. 선내 TV를 켜도 계속 뉴스만 나오는데, 그것도 방송이 하나밖에 안 나오는 거야. 포털 사이트도 다 터져서 밀린 메일 확인도 못 했어.

　일주일이 지나서야 웬 새파란 녀석이 뒤에 신병들 줄줄이 달고 들어와서는 성질을 내는 거야. 어제 뭐 잘못 먹은 사람 같았어. 우리더러 너희 늙은 세대들이 게으르고 나태해서 나라가 이 모양이 됐대. 너무하잖아. 겨우 7년 전인데.

　그 사람 말이, 테러 분자들이 서울을 점령했대. 그래도 서울은 안전하대. 무슨 말인지 모르겠더라. 용감한 국군이 금방 진압은 할 건데 지금 입항하면 행정 처리가 안 되니 잠깐 나갔다 오래. 사람들이 아우성치며 집에 보내 달라고 하는데 그냥 나가 버리는 거야.

　조금 있다가 적십자인지 민변인지 하는 데서 와서는 쿠데타가 일어났다고 말해 줬어. 선거에서 진 당에서 계엄령을 내리고 국회를 장악했고, 시민들이 항전하고 있다는 거야. UN은 뭘 하냐고 물어보니까, 미국이 작년에 파산했고 그 여파로 전 세계가 대공황이라 상황이 안 좋대.

그러면서 10년쯤 있다가 오면 대공황도 좀 지나고 사태도 안정될 테니 그때 오래. 그것도 빨리 가라는 거야. 나라가 안전하다고 할 때가 도망칠 마지막 기회라면서. 어물어물하다가 출항 금지령이 내리면 정말 오도 가도 못 하게 될 거래.

내가 그 사람 붙들고 예식장을 예약해 놨는데 계약금 돌려주는지 알아봐 줄 수 있냐고 했더니 그냥 물끄러미 보더니 가더라고.

에, 그거 알아?

출항하면서 내가 바란 건 하나밖에 없었어.

네게 보낸 편지가 가지 않기를!

며칠 참았다가 지구에 와서 상황 좀 파악하고 보낼걸, 뭐가 급하다고 바로 답장을 썼을까? 어차피 너는 몇 년 뒤에나 받아 볼 텐데!

보내지 않았으면 얼마나 좋았을까. 밤늦게 회식하고 들어와도 거들먹거릴 수 있었을 거야. 어허, 이 양반이 내가 11년이나 기다린 걸 벌써 잊었나?

그런 상상을 하면 기분이 좋았어. 그리고 이내 떠난 기차, 아니, 배라는 생각에 우울해졌지.

네 배 선장을 구워삶아서 편지를 폐기시켜야 겠다고 생각했어. 선장이 인공지능이라고 들었는 데. 인공지능은 어떻게 구워삶을까. 신형 메모리 같은 걸 사 준다고 꼬셔 볼까.

있잖아, 있잖아 자기야.

둘이 같이 항구에서 내리면 진짜 웃길 거 같아. 당신 보자마자 꼭 끌어안고 사랑한다고, 다 용서 해 달라고 할 거야. 그리고 재회한 기념으로 우리 가 나눈 편지는 어디 화롯불 같은 데 태워 하늘로 날려 버리자.

여섯 번째 편지

항해 4개월째,

지구 시간으로 13년 9개월 후

오랜만이야.

아니, 오랜만인지 당신은 모르겠구나. 편지 못 받았다고 들었어. 수신자가 자고 있대. 그 대신 오는 편지는 차곡차곡 보관해 놨다가 깨어나면 한꺼번에 준대. 선장이 일 처리 깔끔하더라고. 배 잘 탔더라.

지구에 돌아왔어.

10년보다는 좀 더 일찍 왔어. 급하게 떠났더니 부족한 것 천지라 다들 아우성이었거든. 늘 쓰는 수분 크림이 없으면 피부 상한다는 아주머니가 제일 시끄러웠어. 보험회사에 고발하겠다는 사람도 있었고, 자기 아는 사람 중에 3선 국회의원 있다고 하는 사람도 있었어. 나도 사람들 시위할 때 끼어서 같이 했어. 집이며 통장이며 직장 같은 게 다 걱정이 되었으니까. 서류를 하도 많이 준비해 놔서 정리하기도 힘들었어. 신분 증명, 거주지 증명, 세입자에게 밀린 월세 청구 소송, 누가 내 재산을 마음대로 썼다면 회수할 수 있는 서류도 다 준비했어.

선장은 미적거렸어. 실은 돌아갈 마음이 없는 것처럼 보였어. 지금 생각해 보면 승무원들은 알고 있었던 것 같아.

결국 6년째에 회항했어. 우리 입장에서는 두 달 만이었지만.

지구가 가까워지면서 이상하다는 기분이 들었어. 우리나라가 보이지 않았거든. 나중에야 그건 빛이 없었기 때문이란 생각이 들었어. 원래 밤의 한국은 금가루를 뿌린 것처럼 반짝였는데, 어두웠어. 마치 아무도 불을 켜지 않은 것처럼. 아무도 없는 것처럼.

착륙할 때 크게 흔들렸어. 가뜩이나 사나워진 승객들이 항의하는데, 선장이 도로가 튀어나와 있다고 했어. 무슨 헛소리냐면서 내렸는데 정말 튀어나와 있는 거야. 아니, 뒤틀려 있었어. 뒤틀려 땅이 드러난 자리마다 풀이 무성하게 덮여 있었어. 항구 표지판은 꺾이고 녹슬어 있었어.

기다려도 버스가 오지 않아서 걸어서 대합실로 가는데, 길이 질고 진흙투성이였어. 관리가 왜 이 모양이냐고 누가 투덜거렸어.

대합실은 비어 있었어. 안은 먼지로 흙색이었고 내려앉은 바닥에는 물이 차 있었어. 썩은 웅덩이에는 물풀이 자라고 있었고 벌레들이 알을 까서 자욱했어. 면세점이 어디 있냐며 뒤에서 소리치던 아주머니가 입을 다물었어.

문득 전에 했던 생각이 났어. 시간을 넘는 건 공간을 넘는 것이나 다름없다고. 갑자기 깨달았어. 나는 집에 돌아갈 수 없다고. 내가 떠났을 때 집은 사라졌으니까. 과거의 어느 시간대에 남겨졌고 이제 다시는 돌아갈 수 없다고.

다들 여행 가방을 든 채로 멍하니 서 있는데 내 바로 앞에서 누가 픽 넘어지는 거야. 난 뭐 걸릴 것도 없는데 왜 저렇게 넘어지나 했어. 다들 나처럼 그냥 보고 있었어. 웅덩이에 붉은 게 번질 때까지, 두 번째 사람이 또 픽 쓰러질 때까지.

아우성과 비명 속에서 시간은 슬로비디오처럼 느리게 갔고, 또 때로는 보고 들을 새도 없이 순식간에 지나갔어. 나는 도망치고 숨었고 사람을 밀치고 발로 찼어. 정신이 든 뒤에도 정신이 없었어. 조용해진 뒤에도 한참이 지나서야 기어 나왔는데 사방 천지가 시체였어.

다치지 않은 사람은 다친 사람을 도와주라는 말에 따라 유령처럼 쓸려 다녔어. 수분 크림을 찾던 아주머니는 내가 붕대를 감는 사이에 죽었어. 붕대 감는 내내 아우성이었어. 조용해지고 보니 죽어 있더라고.

저번처럼 총 든 사람들이 우리를 모아 놓고 설교를 했어. 주장하기로는 자기들이 안 왔으면 우린 다 죽었대. 뭐, 그런가 보다 했어. 과거에서 온 놈들은 뭐 아는 게 없다고 화를 냈어. 그 사람들

말이 자기들은 자경단인데, 시간 여행자를 노리는 도적 떼가 항구를 배회하니 다신 오지 말라는 거야.

우리보고 운이 좋다고 했어. 뭐가 좋은지 모르겠어. 과거에서 오는 바보들을 지켜 주는 건 자기들뿐이래. 그러면서 우리 가방이며 배를 뒤져 싸그리 가져갔어. 정말 괜찮은 사람들이었을지도 몰라. 남겨 달라고 애원하는 건 놓고 갔으니까. 나는 간신히 당신 주려던 노래반지 하나 건졌어. 진짜 보석 아니라고 장난감이라고 눌러서 노래를 들려줬더니 '내가 당신을 얼마나 사랑하는지…….' 하는 구절이 나오지 않겠어. 피식 웃고 이마에 툭 던지고 가더라.

내가 그 사람한테 말을 붙였어. 차마 예식장은 못 물어보고, 5년 뒤에 오는 화물선이 있는데 그 배를 지켜 달라고 더듬더듬 말했어. 그 사람이 날 힐끗 보더니 안 올 거라고 했어. 소식 들은 배들은 다 회선했다는 거야. 아내가 자고 있어서 못 들을 거라고 했더니 왜 자고 있느냐며 가 버리는 거야.

우리는 한동안 정리 해고된 노인들처럼 떠돌았어. 몇 사람들은 집에 간다고 너덜너덜한 여행 가방을 털털 끌며 떠났어.

선내 라디오를 고쳐 뉴스를 들었어. 안테나를 세우고 주파수를 맞춰서 듣는 종류인데 박물관에서밖에 못 본 모델이야. 그래도 이런 상황이 되니까 돌아가는 건 그것밖에 없더라.

듣자니 남쪽에서 원전이 터졌대. 계엄군이 원전 기술자들을 처형했는데 다음 날 사고가 났대. 사고가 나고 한 달간 언론을 통제했고 그 뒤엔 튀어 버렸대. 나라에 원자로가 스물두 개 남아 있는데 관리하는 사람이 다 도망쳐서 언제 또 다른 게 터질지 모른대. 재해 지역으로 선포돼서 다른 나라에서도 입국 금지령이 떨어졌다는 거야.

선장과 승무원은 다른 별로 간다고 했어. 나는 5년 뒤의 이 항구에 와야 한다고 했어. 신부가 오고 있다고. 예식장도 잡아 놨다고 했지. 친구들한테 사은품도 벌써 돌렸다고.

내가 불쌍해 보였나 봐. 배 안에서 작은 배 하

나를 꺼내 주더라. 한 20세기쯤에 만들었을 것 같은 배였어.

"단순한 게 튼튼해." 선장이 그러더라.

방 한 칸쯤 되는 배인데 혼자 지내기엔 괜찮아 보였어. 선장이 이걸로는 오래 못 버틸 테니 적당히 하고 어디든 정착하래. 내가 괜찮다고, 백수 시절엔 방에서 한두 달쯤 게임만 하며 밖에 안 나간 적도 있다고 했어. 그러니까 선장이 내 어깨를 지그시 누르면서 가만히 앉히는 거야.

그리고 공책을 펴더니 그림을 그려 가며 일러 주는 거야.

이 배로는 다른 성계로 갈 수 없다고 했어. 이건 돛단배고 돛단배로 태평양을 건너는 거나 마찬가지라고. 내가 다른 성계에 갈 일이 없다고 했어. 아내가 오고 있는데……까지만 말했는데 또 알았다면서 말을 끊더라고. 태양풍과 태양전지로 가속한다고 했어. 목성 궤도를 타라고 했어. 중력이 추진을 도와줄 거라고. 그리고 그걸로 얼마나 추진력을 얻을 수 있는지도 계산해 줬어.

배가 견딜 수 있는 가속도도 계산해 줬어. 내

몸이 견딜 수 있는 속도도. 이것저것 다 따지면 최대 추진은 중력가속도일 거라고 말해 줬어.

중력가속도가 무슨 말인지 생각이 안 나더라. 선장은 반올림해서 1초에 10미터라고 했고, 광속은 반올림해서 1초에 30만 킬로미터라고 했어. 내가 여전히 멍하니 있으니까 내 배로 광속에 이르려면 1년은 가속해야 한다고 말해 줬어. 5년 뒤로 가려면, 아니, 몇 년 뒤로 가든 가속과 감속 시간을 합해 2년이 걸린다고.

그리고 그럴 수 없을 거라고 했어. 배에 2년 치의 식량을 실을 수 없다고. 2년 치의 식량을 실어도 그 전에 상하고 말 거라고. 2년 치의 식량을 실으면 배가 날 수 없을 거라고도 했어.

일곱 번째 편지

항해 1년 1개월째(지구 체류 시간 포함),

지구 시간으로 14년 6개월 후

이제야 편지해서 미안해.

실은 편지 보내는 방법을 익히는 데 오래 걸렸어. 처음엔 황당했는데 원리를 알고 나니까 인류 문명이 사라져도 편지를 보낼 수 있겠더라고.

처음에는 무작정 떠났어. 그러다 먹을 게 반 떨어지면 돌아왔어. 돌아와서는 가게를 뒤져서 통조림을 싸 들고 올라갔어. 그 짓을 여러 번 했어.

믿어 줘. 그때 정신 상태로는 최선을 다한 거니까.

혹시나 해서 다른 나라에도 가 봤어. 거기서 만난 사람이 내 배가 격추당하지 않은 건 백 년에 한 번 있을까 말까 한 행운이래. 성간 여행이 시작된 게 백 년이 안 되는데 무슨 소리인가 했어. 배가 하도 쪼그매서 배인지 몰라서 그랬을 거래. 말을 그렇게 하냐.

그래도 거기서 밥통을 구했어. 원리는 3D프린터 같은 건가 보던데 10년 전만 해도 없었던 거야. 흙이든 뭐든 담으면 분자 단위에서 분해하고 재조합해서 먹을 수 있는 개 사료 같은 게 나와.

밥통을 주면서 그 사람이 내가 천 년에 한 번 있을까 말까 한 행운아라고 했어. 안 그랬으면 다음 항해에 죽었을 거래. 무슨 생각으로 이 쪼그만 배를 타고 항해할 생각을 했냐는 거야. 아무 생각도 없었다니까 그럴 것 같았대.

세 번째 돌아왔을 때엔 차를 타고 회사로 갔어. 거리는 조용했는데도 공격받는 기분이었어. 도로는 여기저기 시커멓게 입을 벌리고 있고, 상가에서는 뻥 뚫린 눈구덩 같은 창이 나를 노려보았어. 거리에는 개들이 무리 지어 다니는데 길이 든 것 같지가 않았어. 개란 원래 이런 생물이 아니었냐는 듯 사납게 으르렁거렸어.

성간 물질을 모으는 장치를 만들어야 했어. 우주에는 수소가 있고, 산소도, 칼슘도, 나트륨도, 물도, 유기물질도 있어. 믿을 수 없을 정도로 적을 뿐이지. 하지만 광속으로 수집하면 문제는 달라질 거야. 겁나 빠르게 공간을 지날 테니까. 큰 진공청소기를 만든다고 생각하면 될 것 같았어. 공장에 내려가서 모델명을 일일이 확인하며 부품을 찾고 예비 발전기로 기계를 돌렸어. 다른 건 몰라도 매뉴얼은 내 암호로 보관해 놨거든. 단순하게, 아주 단순하게 만들어야 했어. 내 힘으로 고칠 수 있도록.

작업을 하는데 텅 빈 창 너머로 건물 하나가 기우뚱하더라.

처음에는 내 몸이 기우는 줄 알았어. 흙먼지가 우수수 떨어지더니 소리도 없이 허물어졌어. 물에 젖은 모래성처럼, 수명을 다한 고목처럼.

'야.' 그걸 보며 생각했어. 저 빌딩 지을 때부터 다들 10년 안 갈 거라고 했지.

당신네 집에서 몇 년 비워 둔 시골집에 갔을 때

를 생각했어. 집은 그 짧은 시간 사이에 흉물이
되어 있었지. 변기는 막혔고 하수관과 보일러는
터졌고, 햇빛이 드는 곳은 삭아서 파삭파삭하고
들지 않는 곳은 곰팡이로 눅눅했지.

집은 고독으로 팍삭 늙어 버린 듯했어. 이리 외
로울 바에야 살 가치가 있느냐고 말하는 것 같았
어. 두어 해 사이에 혼자 스무 해는 산 것 같았어.

"사람이 안 살면 금방 이렇게 된다니까."

당신이 까맣게 변색된 문설주를 쓰다듬으며
말했어.

"내가 옆에 있어 주었어야 했는데."

당신이 집이 아니라 내 머리를 쓰다듬는 것 같
았어. 당신을 만나기 전의 내게 말하는 듯했어.
내내 혼자였던 나에게.

그리고 이제 항해한 지 석 달이 지났어.

석 달이 지난 뒤에야 정신이 들었어. 정신이 드
니까 내가 무슨 미친 짓을 했는지 알 것 같더라.

언젠가 방에서 한 발짝도 안 나오고 몇 달 살았
던 적도 있다고 했었지?

이제 알 것 같아. 그건 혼자 산 것이 아니었어. 난 한 번도 혼자 살았던 적이 없어. 누군가는 내가 내놓은 쓰레기를 치워 갔고 정화조를 비워 주었어. 발전소를 돌리고 전기선을 연결하고 가스를 점검하고 물통을 갈고 하수관을 청소했어. 어느 집에선가 면을 삶고 그릇에 담아 배달하고 다시 그릇을 가져가 닦았어. 나는 한 번도 혼자 살았던 적이 없어. 내가 무슨 수로 혼자 살 수 있단 말야?

그저 살아 있었다는 것만으로 나는 혼자가 아니었던 거야.

잠에서 깰 때마다 생각해. 이건 말도 안 되는 일이야. 나는 죽을 거야. 오늘 죽지 않으면 내일 죽겠지.

사료는 더 이상 목구멍을 넘어가지도 않아. 먹을 때마다 토해. 돌아가야겠다고 살려 달라고 벽을 두드리는데, 지금은 돌아간다 해도 어차피 이만큼을 더 가야 해.

괜찮아.

괜찮아. 겨우 2년인걸.

나 때문에, 내가 바보짓 해서 당신이 아무것도 모르고 이 위험한 시대로 오고 있는걸. 아무것도 모르고 왔다가 나 같은 일 당하면 어떡해.

여덟 번째 편지

항해 3년 2개월 3일째,

지구 시간으로 19년 2개월 3일 후

당신이 오기로 한 날에 맞춰 항구로 갔어.

도적단이든 자경단이든 오면 죽을 거라고 생각했는데 아무도 안 오더라.

그새 홍수가 한번 지나갔는지 항구는 흙에 덮여 뻘이 되어 있었어. 흙 위로는 쑥이며 망초 꽃이 흐드러지게 피어 있었어. 전에 동네에 홍수 났을 때 복구 빨리 안 해 준다고 구청에 가서 항의했던 게 생각나더라.

항구 한가운데에 실개천이 있었다는 걸 처음 알았어. 그동안은 펌프로 물을 바다로 빼고 있었던가 봐. 대합실은 덩굴식물에 뒤덮여 작은 둔덕처럼 보였고, 창은 그새 다 깨져 나가고 없었어.

그 와중에도 5년 전에 우리가 버리고 간 과자 봉지며 밥 먹고 간 자리는 그냥 남아 있어서 웃었어.

당신은 오지 않았어.

밤이 새도록 기다리고 다음 날에도 기다렸지만 당신은 오지 않았어.

나는 들판에 누워 별이 뜨고 지는 것을 보았어. 지구가 별바다를 흘러가는 것을 보았어. 엄청 큰 배에 타고 있다고 상상했어. 사실이기도 하고. '괜찮아.' 나는 생각했어. '한 시간쯤 걸리는 거리라면 10분쯤 늦을 수도 있잖아. 10년 거리면 1년쯤 늦을 수도 있지.'

정말로 1년을 기다린 건 아냐. 하지만 4개월하고 3일을 기다렸어. 잠은 배에서 자고 밥통에 흙을 갈아 먹으며 살았어.

당신은 오지 않았어.

그런데 왠지 슬프지 않더라. 기쁘지도 않았지만.

그저 담담했어. 당연하고 자연스러운 일처럼 느껴졌어. 당신이 갈댓잎 사이에서 나타나기라도 했다면 '와, 뭐 이런 말도 안 되는 일이 다 있나. 이상하니까 집에 갔다가 다시 와.' 했을 거야.

그런 뒤에 나는 떠났어.

사실 떠날 이유는 없었어. 더 이상 미래로 갈 이유는 없었으니까. 하지만 남아서 뭘 해야 할지도 알 수가 없었어. 오염이 사라지고 사람이 살 만해진 미래로 가자고 생각했어. 그 뒤는 생각하지 않았어. 생각할 만한 마음이 없었어.

여기가 아니라면 어디든 좋다고 생각했어. 이 모든 것을 떠올리지 않아도 되는 곳으로. 당신을 포함해서.

아홉 번째 편지

항해 5년 2개월째,

지구 시간으로 (아마도) 74년 후

오랫동안 편지 못 해서 미안해. 하지만 저번에 편지 보냈을 때 내 상태가 좀 그랬잖아. 당신을 떠올리고 싶지 않았어. 생각할 여력이 없었다는 게 더 맞을 거야. 종종 자신만의 망상으로 배신감에 치를 떨었고, 때로는 다른 종류의 망상으로 찔찔 울기도 했어.

 당신이 내게 편지를 보낼 수 없을 수도 있다고 생각했어. 지금도 한메일 같은 걸 쓰고 있다면 말야. 다음 순간에는 왜 보내지 않느냐고 혼자 성질을 냈어. 내 편지를 한 번도 받지 못했을 수도 있다는 생각을 했어. 다음 순간에는 어떻게 그럴 수 있느냐며 성질을 냈어. 그러다가는 또 찔찔 짰어.

고백할게. 한동안 막살았어.

집을 정리하다가 내가 작성한 회계 장부며 법률 서류 정리한 걸 찾아냈거든. 그게 뭔가를 건드렸나 봐. 갈기갈기 찢어 버리고 나서는 한참 울었어. 그런 뒤에는 정신이 나가 버렸어.

어느 날은 벽에 그냥 오줌을 갈겼어. 그 오줌 방울이 코와 입으로 들어오고 기계 사이사이로 스며들어 가는 걸 내버려 두며 살았어. 말기 암 환자처럼 무력했어.

그러다 몹시 아팠어. 뭐가 입으로 들어가면 전부 어떤 형태로든 밖으로 쏟아졌는데, 감당할 수가 없었어. 내가 다 흘러나와 없어져 버릴 기세였어. 간신히 숨만 쉬었는데 들이는 숨마다 내 오줌인 거야. 오줌 방울이 코에 들어와 가라앉지도 않고 기도를 막았을 때에야 정신을 차리고 계기판을 더듬거리며 가속을 시작했어. 중력이 생겨나자 비처럼 오줌이 가라앉고, 모든 떠 있던 것들이 내려앉았고, 그대로 정신을 잃었어.

왜 살았는지는 모르겠어. 하지만 생각해 보면 왜 죽으려 했는지도 모르겠더라. 아니, 더 생각해

보니 사람은 아무것도 하지 않으면 죽는 거더라
고. 그 도시처럼. 뭔가를 해야만 살 수 있는 거야.
의지를 갖고, 지치지 않고.

　고열에 시달리다가 몸이 좀 회복된 뒤에야 내
가 빛의 속도로 날고 있었다는 것이 떠올랐어. 얼
마나 기절해 있었던 걸까? 한 시간? 하루? 한 달?
1년? 밖은 얼마나 시간이 지난 거지? 풍경은 아
무것도 알려 주지 않았어. 선장이 주고 간 시계를
흔들었는데 지랄 맞게 태엽을 안 감았다고 그새
멈춰 있는 거야. 내가 얼마나 시간을 넘은 건지
알 수가 없었어.

　속도를 줄이고 세상이 시야에 들어오자 불길
한 예감이 공포로 변했어. 지구는 달처럼 보였어.
검고 울퉁불퉁하고 생명은 한 번도 존재한 적이
없었던 것처럼.

　가까이 간 뒤에야 검고 울퉁불퉁해 보였던 것
이 검은 구름이라는 것을 깨달았어. 지구 표면이

전부 먹구름에 덮여 있었어. 어디에 내려야 할지 알 수가 없었어. 시커먼 것이 그저 돌고 있었을 뿐이었으니까.

한참 뒤에야 내가 소리를 지르고 있다는 걸 깨달았어. 그런 뒤에는 계기판에 기대어 흐느꼈어. 어릴 때 집 뒤에서 산사태가 난 걸 본 적이 있어. 집 하나가 통째로 흙에 휩쓸렸어. 다행히 사람은 안에 없었는데, 그걸 보면서 내가 비명을 질렀어. 엄마가 날 끌어안고 진정시키는 데 한 시간쯤 걸렸대. 나는 모든 사라지는 것 앞에서 비명을 질렀어. 망가지고 사라지고 늙고 낡고 분해되고 죽고 멸망해 가는 것들 앞에서. 단 한 번에 어처구니없이 잃어버리고 다시는 돌아오지 않는 것들을 애도했어.

전쟁이었을 거란 생각이 들었어. 아직 만들어만 두고 쓰지 않은 어떤 폭탄은 재를 성층권까지 날리는데, 거기 올라간 재는 떨어지지 않는다고, 떨어지지 않은 채로 지구를 뒤덮어 버린다고. 아니면 그새 소행성 같은 게 부딪쳤을지도 몰라. 그럼 비슷한 일이 일어난다고 들었어. 그게 아니면…….

나는 왜 여기에 있는 걸까? 왜 이런 걸 보고 있는 걸까?

집에 가고 싶어. 내가 타임머신을 타고 미래를 엿보러 왔다고 상상해 봤어. 와, 미래란 이렇게 생겨 먹었구나. 그리고 돌아가서 친구들에게 자랑하는 거야. "이야, 나 미래를 보고 왔다." "야, 쩐다. 로또, 로또 번호 알아 놨어?" "아이쿠야, 로또 보는 걸 까먹었네." "쩔어."

그런데 과거로 갈 수가 없어. 어떻게 해야 돌아갈 수가 있지? 집에 가려면 어떻게 해야 해?

예식장을 잡아 놨는데, 너와 결혼할 생각이었는데, 어떻게 해야 시간에 맞출 수가 있지?

항구에 내렸어. 대기권을 뚫고 내려가니 지형이 보이더라. 그대로 떠날 생각도 있었지만, 너무 많은 상상이 머리를 괴롭혀서 직접 보는 게 나을 것 같았어.

낮이었는데도 밤이나 다름없었어. 항구는 눈에 묻혀 있었고 눈보라가 흰 모래바람처럼 몰아쳐서 시야에 잡히는 것이 없었어. 해안선까지 얼음이 자라나 옛 지형은 알아볼 수도 없었어. 추위에 엔진이 얼어붙을까 봐 다시 올라갈 생각이었어.

그러다 멈춰 섰어.

배가 내린 흔적이 있었어. 배 모양으로 눈이 녹아 있는 거야. 녹았다기보다는 눌려서 그릇 같은 얼음 지형이 만들어져 있더라. 눈바람이 몰아쳐서 빠르게 그 위를 덮고 있었어. 이 배는 온 지 얼마 안 된 거야. 몇 주 전, 며칠 전, 혹은 조금 전.

나는 눈에 발이 푹푹 빠지며 달려가 안을 헤집었어. 헤집으면 배가 나오기라도 할 것처럼. 안을 더 헤집다 보니 다른 흔적이 더 보였어. 배가 그보다 더 전에도 온 것 같았어. 그것도 여러 번이나.

나는 미친 사람처럼 눈을 헤집으며 어디로 가려고 했어. 발이 빠지고 눈에 가로막혀 넘어졌어. 당신 이름을 목 놓아 불렀는데 눈보라가 몰아쳐 들리는 것이 없었어. 침침한 안개 너머로 마천루가 유령처럼 늘어서 있었어.

그게 당신 배라는 보장은 없었어. 당신 배가 아니라는 보장도 없지.

정신없이 배에 다시 올라와서 지금 편지를 써.

10년 뒤 이 시간에 다시 항구로 올게. 받는 위치
와 시간을 보면 언제인지 확인할 수 있을 거야.
이 편지를 받으면 항구로 와 줘.

 기다리고 있을 테니까.

열 번째 편지

항해 7년 2개월째,

지구 시간으로 (어쩌면) 84년 후

당신은 오지 않았어.

대신 잊고 있던 배가 왔어. 내 편지를 받고 왔나 봐. 내가 처음에 탔던 배 있잖아. 작은 도시나 다름없다고 했던. 카페도 벼룩시장도 있던 배.

알아볼 수는 있었어. 단지 기이한 세월이 이끼처럼 곰팡이처럼 배에 눌어붙어 있었어. 내가 지나온 것보다 좀 더 누렇고 썩고 냄새나는 것이.

그 사람들을 보니 처음 여행을 떠났을 때 친구들이 했던 말이 떠올랐어. 성간 여행을 하게 되면 미치거나 평온해진다는 거 말이야. 그 사람들은 미친 쪽에 속한 것 같더라. 나라고 별다른 게 있으랴마는.

사람들은 내가 내릴 때부터 화나 있었어.

아마 아무도 누가 그런 조각배를 타고, 그것도 혼자서 여기까지 왔으리라곤 상상하지 못했나 봐. 여기라는 건 장소 말고 시간 말이야. 틀림없이 라면이며 냉동 고기 같은 걸 잔뜩 실은 대형 마트 같은 배가 올 줄 알았나 봐.

사람들이 나를 끌어내었고 배를 뒤집어엎었어. 부품을 떼어 내고 전선을 뜯고 계기판이며 서랍이며 다 뜯어내어 눈밭에 내던졌어. 내가 말리려 하니까 두들기더라. 말리려 할 때마다 때려서 나중에는 가만있었는데 그런다고 안 맞는 건 아니었어. 속을 뒤집어엎고 나선 두 배로 화난 것 같았어. 배에선 지린내만 나고 먹을 거라곤 아무것도 없었으니까.

기껏 대형 전투를 예상하고 준비했는데 두들길 게 나밖에 없으니 또 세 배로 화난 것 같았어. 죽을 거라고 생각했는데 죽으면 더 못 때리니까 아까워 그랬는지, 아니면 기절하고 나니 반응이 없어서 재미없어 그랬는지 살려 두더라.

감방에서 선장을 다시 만났어. 왜, 그 시대를

잘못 타고난 것 같다던 사람 있잖아. 맞는 시대를 찾아낸 것 같았어. 사바나 한가운데에서 생존한 늙은 사자처럼 보였어. 기름져 있었고 불편한 확신에 차 있었어. 제 생존에 신의 섭리 같은 걸 부여한 눈매였어.

내 편지를 다 봤나 봐. 몸이 욱신거려 일어나지도 못하는 사람 앞에서 그걸 하나하나 다 읽어 주더라고. 읽으면서 연신 피식피식 웃는 거야. 요새 드라마 못 봐서 내 편지 듣는 게 낙이라며 몇 장 더 써 달래. 그때 저놈을 없애 버려야겠단 생각이 들더라. 머릿속에선 '내 수치를 들켰으니 제거해야겠군.' 같은 대사나 떠오르고 말이지.

나더러 어떻게 혼자 여기까지 왔냐고 해서 답을 안 했다가 목을 졸렸어. 그러다 놔줬는데 사람의 생사가 제 손에 있는 것이 만족스러워 견딜 수 없는 얼굴이었어.

내가 이만 한 배를 갖고 있으면 왜 다른 성계로 가지 않느냐고 했더니 집으로 돌아간다고 했어. 집은 사라졌다고 했더니 그래도 돌아간대. 다른 사람들도 모두 집에 돌아가기를 원한다고. 손에 사람 생사 같은 걸 쥔 사람이 남이 뭘 원하는지 알 수 있을 리 없다고 생각했어.

그 사람은 날 풀어 줬고 배 안을 돌아다니게도 했어. 권력을 쓴 거니까 죽이는 거나 쾌감은 다를 게 없었을 거야. 치료를 하고 떠나야겠다는 생각으로 머물렀어. 선의한테 가서 붕대 좀 감아 달라고 하니까 황당해하면서도 해 주더라. 해 줄 것 같았어. 얻을 게 있어서 나를 팬 게 아니었으니까. 나도 그 배에 타고 있었다면 누구에게든 무슨 짓이든 했을지도 몰라.

당신이 오지 않아서 다행이라고 생각했어.

그리고 이제 당신을 만날 수 없을 거란 생각을 했어.

당신이 지금까지 항해를 하려면 큰 배를 타야 한다는 걸 깨달았어. 그리고 큰 배를 타고 있다면 당신 마음대로 그 배를 움직일 수 없을 거고. 이 거지 꼬락서니의 남자 하나 만나게 해 주겠다고 이만 한 선박이 항로를 틀지도 않을 거야.

당신은 나를 만나러 올 수 없어.

우리가 무한의 강을 같은 방향으로 달리면서

우연히 마주치기를 기원하는 사람들이나 다름없다는 생각을 했어. 이 강은 끝이 없고 노를 저어 돌아갈 수도 없어.

20세기에 살았던 무슨 과학자가 그랬는데. 외계인은 분명히 있지만 만날 수 없다고. 공간이 아니라 시간이 별과 별 사이를 막고 있기 때문에. 지구가 45억 년간 우주에 있었다 해도 인류는 겨우 200만 년 전에 태어났고, 식탁에서 지적인 대화를 나누게 된 건 고작 2만 년 정도였다고. 외계인이 우리와 만나 차라도 나누려면 그처럼 먼 거리를 달려와 그처럼 짧은 시간 사이에 멈춰야 한다고.

사람들이 펭귄처럼 열을 지어 해안가로 그물을 치러 오가는 동안 나는 내 배로 돌아갔어. 내던진 것들을 다 모아 새로 만들기 시작했어. 해가 나서 다행이지 그대로 얼어붙었다면 모두 화석이 되었을 거야.

나중에는 구경꾼들이 모였어. 모자란 부속품을 갖다주기도 했어. 부속품이 없을 때엔 재료 이름을 댔어. 단추나 장난감에 들어 있는 것들도 받아서 야금했어. 그런 사람들 중엔 날 기절할 때까지 팬 사람도 있었어. 서로 아무 말도 안 했어. 입장이 반대였으면 나도 패는 사람들 틈에 끼어 있었을지 모르니까. 잘 보이려고 아마 온 힘을 다했을 거고.

그 사람들이 배에 식량을 다 채운 뒤에는 나도 내 배에 올랐어. 문을 닫을 때 왜 같이 가지 그러느냐는 당신 말이 들리는 것 같았어.

"조금 더 오래 살 수 있을 거야."

당신이 문을 닫는 내 손을 잡으며 말했어.

"더 가 봐야 우리는 만날 수 없어. 당신이라도 살아."

나는 선장이 내 편지를 다 훔쳐봤다고 했어. 그래서 같이 못 가겠다고 했어.

열한 번째 편지

항해 8년 8개월째,

지구 시간으로 (대충) 145년 후

다시 왔을 때에 지구는 얼어붙어 있었어. 거의 적도 부근만 남기고. 구름은 걷혔지만 구름 때문인 것 같았어.

지구는 실은 얼음 행성에 가깝다는 말을 들은 적이 있어. 우리는 아주 짧은 여름 동안 번성하는 하루살이 식물과 같다고. 아주 조금 긴 겨울로도 빙하기가 올 수 있다고 들었어. 전해에 눈이 조금 많이 내려, 만년설이 아주 조금 늘어나고, 그 조금 늘어난 눈이 지구를 조금 식히고, 다음 해에 조금 더 눈이 많이 내리는 것이 반복되면.

그 먹구름은 해를 1년은 막았을 테니까. 빙하기가 오고도 남았을 거야.

해안선이 낮아지고 빙하가 자라나 내가 예전에 알았던 지구의 지도는 모두 변해 있었어. 조류가 변하고 변한 조류가 땅을 다른 방식으로 깎을 거고, 자라난 빙하가 지형을 누르고 높일 테니 이후로는 영원히 변하겠지. 빙하는 우리가 살았던 모든 흔적을 수억만 톤이나 되는 몸뚱이로 짓눌러 가루로 만들어 버릴 거야. 물풀과 갈대풀 사이에 그나마 버티고 있던 가련한 잔재들을 싸그리 갈아 버리겠지.

　멀리서 그걸 확인할 만큼만 감속하고는 다시 가속했어. 좀 더 세상이 따듯해진 뒤에 오자고 생각했어.

　어차피 그리 오래 걸리지 않을 테니까.

열두 번째 편지

항해 9년 2개월째,

지구 시간으로 (대충) 170년 후

당신을 기다리고 있어.

　　당신이 이미 이 세상에 없다 해도. 오래전에 어느 별에 정착해 좋은 사람 만나 아들딸 열쯤 낳고, 가족들의 축복 속에 한 생을 마감했다 해도. 혹은 어느 빛의 궤도에 올라, 지구가 회복되기를 기다리며 아득한 여행을 하고 있다 해도. 어쩌면 아득한 성계 너머에서 이제 막 배에서 내리며, 어린 날의 가벼운 추억거리처럼 나를 회상하고 있다고 해도. '아, 그런 사람이 있었죠. 오래전에 다른 시간대에서 죽었겠지만.'

　　하루를 살기 위해서는 하루가 다 필요해.

하루라도 정신을 놓으면 그 시간이 하염없이 늘어나. 하염없이 늘어나는 것을 통제할 수 없는 순간이 오면 생이 끝나리라는 예감을 해.

알람 시계가 시간 단위로 울리게 만들어 놓았어. 바깥 시간과 상관없이 같은 시간에 자고 같은 시간에 일어나. 매일 같은 시간에 운동하고 같은 시간에 같은 양의 밥을 먹어. 내 몸이 고장 나면 아무도 고쳐 주지 않을 테니까.

배는 계속 어딘가 삐걱거려. 내가 예전에 싸 놓은 오줌이 지금도 어디엔가 스며들어 가 문제를 일으키고 있다는 생각을 해. 뭔가 고치다 보면 하루가 다 가. 배 밑창에 들어 있는 매뉴얼을 매일 연구해. 아무도 나를 위해 대신 알아 주지 않을 테니까.

배 안에서 식물을 기르기 시작했어. 씨앗 한 알을 갖고 타도 몇 달 뒤에는 수백 배의 열매를 맺어. 공기에 자연 산소도 필요하고. 처음에는 많이 죽었는데 지금은 다들 꽤 적응한 편이야. 덕분에 요새는 사료 말고 다른 것도 먹고 있어.

어느 날 잠이 깼는데 숨이 답답한 거야. 창을 열어야겠다고 생각했어. 창을 열고 바람을 좀 쐬어야겠다고. 밖은 밤이더라. 어지간히 늦잠을 잤구나 생각했어. 일 났다, 오늘 결혼식인데. 준비할 것도 많은데. 나는 창으로 가서 문을 열려고 했어. 안 열리더라. 무슨 놈의 창이 손잡이도 없는 거야. 그래서 나는 바지 주머니에 넣어 둔 공구를 꺼냈어. 이걸로 깨서 열어야겠다고 생각했어. 와, 1분만 더 창을 닫고 있다간 숨 막혀 죽을 것 같았거든. 환기를 안 한 지 얼마나 됐는지, 방에 내 땀내며 지린내 같은 게 진동하고 있었거든. 창을 치려다가 다른 손으로 내 손을 붙들었어. 바들바들 떠는 손을 붙들고 정신이 들 때까지 웅크리고 있었어.

내가 여기에 있어.
당신을 기다리고 있어.

그 생각을 하지 않았다면 자제하지 못했을 거야. 그러니까 당신이 나를 살린 거야. 당신이 지금

어느 시대에 있든, 이미 죽었든, 살았든, 무한의
별 무리를 여행하고 있든.

열세 번째 편지

항해 9년 7개월째,

지구 시간으로 (아마도) 223년 후

자고 있는데 배에 진동이 왔어. 내 배만이 아니라 태양계 전체가 뒤흔들리는 것 같았어. 창을 내다보니 큰 운석이 지구에 부딪치는 거야. 무시무시한 속도로 추락하는 걸 텐데 어찌나 큰지 느리게 보였어. 이렇게 멀리서도 바다가 푹 패는 것이 보였어. 터져 나간 물이 주위로 퍼져 나가고 이내 끓어올라 시뻘건 열풍이 되어 땅을 뒤덮는데, 지구가 너무 작아 보여서 감이 없었어.

사람들이 저 별에 가득 살던 무렵에는 대비할 수 있었을 텐데.

보는 사이에 지구는 불구덩이가 되었어. 저 정도라면 대기는 다 타 버렸을 거야. 바다는 전부 끓어올랐을 거고. 살아남은 건 아무것도……

그러다 잠에서 깼어.

하지만 잠에서 깬 뒤에는 어디까지가 꿈이었는지 알 수가 없었어. 너무 생생한 꿈을 꾸었을 때엔 어느 쪽이 말이 안 되나 생각하다가 '아, 말이 안 되는 쪽이 꿈이구나.' 생각하곤 하는데, 지금은 둘을 구분할 수 없는 거야.

탁자에 놓아둔 반지에서 음악이 흐르더라. 반지가 노래하네. 이쪽이 꿈인가 보다 생각했어. 주위를 둘러보니 같이 온 새신랑들이 뒤엉켜 코를 골며 자고 있었어. 벽에는 꽃이며 리본이 달려 있고 '금방 결혼함'이란 말이 사방에 붙어 있었고.

밖에 나가 보니 작은 도시 같은 여객선 안에서 사람들이 나들이 복장을 하고 돌아다니고 있었어. 다들 설레고 행복해 보였어. 역시, 나는 생각했어. 전부 꿈이었구나, 꿈이라서 참 다행이야. 하고 생각했어. 천장에는 선장 얼굴과 함께 '집에 돌아간다'고 적힌 네온사인이 형광빛으로 번쩍이고 있었어. 어, 저건 말이 안 되는데, 하고 생각했지.

당신은 떠났을 때 모습 그대로 사람들 사이에

앉아 있었어. 아니, 우리가 처음 만났을 때 모습 그대로. 아르바이트생이었던 내가 당신 새로 산 옷에다 아이스크림을 엎었을 때 그대로.

그때 알바비로 다 변상해야 할까 봐 울어 버린 건 나였고, 점장에게 숨겨야겠다고 날 데리고 화장실에 간 건 당신이었지. 빠지지 않는 초콜릿 물을 빼느라 같이 머리를 맞대었지.

"어머나, 저 사람 좀 봐."

당신과 앉아 있던 사람들이 나를 보며 놀렸어.

"신랑이 저렇게 나이가 들어 버렸으니 어쩜 좋아. 창피하지 뭐야."

당신은 당황해서 고개를 숙였어. 수분 크림을 찾던 아주머니가 배에 피에 젖은 붕대를 감은 채 당신 귀에 속삭였어.

"당신이 반한 그 젊은이는 이제 없어요. 만나도 같은 사람이 아닌 거야. 세월이란 잔인하기도 하지."

나는 그 사람들 속을 헤치고 가 당신 손을 붙들고 일으켰어. 여기서 나와. 이 바보들 틈에서 나와. 이 사람들은 이 과거에 못 박혀 있어. 자라지도 늙지도 않았어.

나는 나이를 먹었어. 하루에 하루씩, 한 달에 한 달씩, 한 해에 한 살씩, 시간을 몸에 쌓으며 살았어. 그러니까 나는 당신에게 어울리는 사람이야. 10년 전보다 더 당신에게 어울리는 사람이 되었어. 몇백 년 전보다 더 괜찮은 사람이 되었어. 내일은 하루만큼 더 어울리는 사람이 될 거야. 내년에는 또 한 해만큼 그렇게 될 거야.

그리고 눈을 떴을 땐 내 배에 있었어. 다른 것들과 함께 떠다니고 있었어. 반지가 노래하는 것만 그대로였어.

나는 눈을 감았고 다시 떴어. 눈을 떴을 때엔 당신이 와 있었어. 내 몸 위에 겹쳐 누워 있었어. 생각하기에 따라서는 내가 위에 있는 거였지만.

"여기서 아기를 낳자." 당신이 말했어.

내가 웃었어. "여기서?"

"빛의 속도로 흘러가는 이 세계에서. 시간이 흐르지 않는 세상에서. 그러면 그 아이는 그게 이상하다는 생각을 하지 않을 거야. 그 시간선이 그 애의 고향일 테니까."

당신이 내 귀에 속삭였어.

"오히려 느리게 흘러가는 다른 시간선이 부자연스럽다고 생각할 거야. 그 애는 우리처럼 다른 시간대에 이를 때마다 무서워하거나 낯설어하지 않을 거야. 당신이 스물에서 스물한 살이 되는 것을 이상하게 여기지 않았던 것만큼이나, 천 년이나 2천 년의 세월을 넘는 것을 자연스럽다고 생각하겠지. 지나간 시간을 서러워하지 않을 거야. 사라져 가는 것들을 보며 울지 않을 거야. 자연스럽고 당연한 일로 생각할 거야. 그 애는 우리처럼 더듬거리지 않을 거야. 중력에 묶여 방황하지도 않겠지. 무한의 끝까지도 나아갈 거야. 우리가 볼 수 없는 모든 것을 보게 될 거야."

그래, 괜찮을 거야.

우리가 만날 수만 있다면.

열네 번째 편지

항해 10년 2개월째,

지구 시간 모름

바깥에 나가서 돛을 수리하는데 알람이 울더라. 태양풍이 온다는 거야. 나는 알람을 듣고도 밖을 보고 있었어. 그저 별 무리가 쏟아지는 것을 보고 있었지.

"알았어." 내가 알람에게 말했어.

죽으려는 건 아니었어. 5분의 여유가 있는 걸 알고 있었고 충분히 대피할 수 있다는 걸 알고 있었으니까. 아니, 모르겠어. 그저 별 무리를 바라보았어. 시간 저편에서 빛나는 무수한 삶을 생각했어.

나는 4분 뒤에 배로 돌아왔어. 1분 안에 대피 캡슐에 들어갔고 잠이 들었지. 그런데 어떻게 했는지 몰라도 나가려 보니 문이 잠긴 거야.

울지는 않았어. 그냥 이 안에서 죽으려면 힘들 겠다는 생각을 했어. 지금까지 죽을 수 있었던 순 간들을 생각하면서 그때 죽을 걸 그랬다는 생각 을 했어. 하지만 어떻게 죽든 쉽지는 않았을 거 같더라고. 그리고 다시 잠이 들었어.

잠이 드니까 당신이 오더라. 왔냐고 인사하는 데 당신이 갑자기 화를 내는 거야. 난 제시간에 예식장에 갔는데 지금까지 어디서 뭘 하고 있었 느냐고. 신부를 이렇게 망신 주는 사람이 어디 있 냐는 거야. 위로하느라 혼쭐을 뺐어.

정신이 들고 나니 정말로 정신이 들었어. 내가 정신이 드니 당신도 침착해지더라.

"다리에 공구 주머니 붙여 놨잖아." 당신이 말 해. "찍찍이로 붙여 놓고는."

"그러게. 내가 이렇게 제정신이 아니야."

내가 손을 뻗으니까 그러더라.

"떨어뜨리지 마라. 이 안에선 다시는 못 줍는다."

나는 깨작거리며 드라이버를 문틈에 넣어 밖 에서 걸린 고리에 걸었어.

당신과 나는 초콜릿 물을 뺄 때처럼 머리를 맞대고 땀을 찔찔 흘렸어.

"고리가 단단하네. 드라이버가 먼저 부러지면 어쩌지."

"그럴 수도 있어."

내가 말했어.

"하지만 그건 일어난 뒤에 생각할래. 미리 생각하면 괜히 두 배로 더 생각하는 거니까."

내가 그때 당신이 했던 말을 그대로 하고 있다는 것을 알았어. 그때 멍하니 당신을 바라봤던 것도 기억해. 그 순간 당신과 사랑에 빠졌던 것도 기억해.

"재미있네." 내가 말했어.

"뭐가." 당신이 물어.

"이렇게 떨어져 있어도 내가 당신을 닮으니까."

"떨어져 있지 않아." 당신이 고리를 들여다보며 답했어. "우린 같은 시간선을 살고 있으니까. 같이 늙어 가고, 같이 나이가 들어 가고 있지."

내가 헛웃음을 지었어.

"그 지구라는 배에서 살 때처럼. 별 무리를 흘

러가는 그 커다란 배에서, 먹고 자고, 자라고, 나
이 들었지."

"아냐." 나는 중얼거렸어.

"우리가 만나기 전부터 우린 같이 살았어. 배가
조금 컸을 뿐이지."

"아냐."

내가 소리쳤어.

"당신은 여기에 없어. 있어도 날 만날 생각이
없는 거지. 그렇지 않으면 어떻게든 내게 뭐라도
남겼을걸. 항구 어디에 돌무더기로 하늘에서 볼
수 있게 전화번호라도 써 놓는다든가, 아니면 라
디오 방송에 대고 사람 찾는다고라도……."

당신이 입을 다무는 것 같았고 눈앞에서 사라
졌어. 그와 함께 고리가 끊어져 나갔어.

나는 땀에 젖은 채 빠져나왔어.

당신이 이제는 이런 형태로도 내 앞에 나타나
지 않을 거란 생각이 들었어. 그 생각을 하자 기
력이 빠져나가기 시작했어. 안 된다고 자신을 다
그쳤지. 이게 나를 살게 하고 있었는데.

끝났어.

알 수 있었어. 이제 끝났어.

집에 가자고 생각했어.

살 수는 없을 것 같았어. 너무 고독하고, 너무 혼자니까. 내가 당신의 그 시골집처럼 폐허가 되었으니까. 지금 끝내자는 생각도 했어. 하지만 기왕 끝낼 바에는 집에 가서 하자고 생각했어.

그런 생각을 하자니 떠오르는 곳이 있더라. 마지막 장소로는 거기가 좋을 것 같았어.

열다섯 번째 편지

항구라고 부를 만한 건 더 이상 거기 없었어. 위도와 경도를 계산해서 갔을 뿐이야. 해안가에 는 전나무 숲이 무성하게 펼쳐져 있었어. 그렇게 아름답고 큰 숲은 처음 보았어.

당신이 온다 해도 이제는 못 찾아올 거 같더라.

내가 아직도 이런 생각을 하네.

불시착해 버렸어. 지형이 너무 변했거든. 해안 은 엉뚱한 곳에 있었고 지대는 너무 높았어. 바다 로 키를 틀긴 했는데 해수면이 생각보다 너무 낮 았어. 서둘러 캡슐 안에 들어가지 않았다면 나도 배와 함께 박살이 났을 거야. 잠금장치가 부서지지 않았으면 그 안에 갇혀 또 죽었을 거고.

　해안가로 나와 한참 컥컥거리며 물을 토했어. 가라앉아 들어가는 내 배를 바라보았어.

　괜찮아.

　나는 생각했어.

　그래, 괜찮아. 지금까지 버텨 주었는걸. 그걸로 충분해.

　젖은 신발에 모래가 엉겨 붙어 걷기가 힘들었어. 신발을 버리고 맨발로 걷기 시작했어.

　숲에는 흰 안개가 피어올랐고 안개 사이로 햇빛이 우렁차게 쏟아졌어. 이슬이 손가락에 방울거리며 맺혔어. 가지 사이에서 푸른 새 무리가 후드득하고 날아오르더니 노루 떼가 한바탕 수풀을 넘으며 뛰어가더라. 다들 기운차고 밝았어. 태어난 이래 한 번도 사람에게 시달린 적이 없는 기색이었어. 누구를 피해 숨어야 하느냐는 듯 다들 공작새처럼 빛깔이 화려했어.

　머리에서 전나무 숲을 지우고 그 자리에 있던 벌판을 떠올렸어. 아직 아스팔트가 밑에 버티고 있어서 더 뿌리를 뻗지 못했던 잡초 밭을. 쑥부쟁이며 취꽃이며 망초 향이 가득했던 들판을, 그 들판을 지우고 대합실을 생각했어. 벽을 휘감은 덩굴을 뜯어내고 내려앉은 발코니를 제자리에 올려놓았어. 갈라져 나간 페인트를 다시 칠하고 바닥에 흥건했던 물을 닦았어. 그리고 사람들을 그 안에 갖다 놓았어. 떠들썩하게 수다를 떨며 오는 사람들을 생각했어. 그리고 기다리는 사람들을.

기다리는 나를 생각했어.

다리가 풀려 한 번 넘어졌어. 한참 쓰러져 있다가 일어나서 다시 걸었어. 가다가 지치면 나무 밑에 쓰러져 잠을 잤어. 해가 뜨면 자고 밤에 걸었어. 그 편이 체온을 지키기 좋았으니까.

내륙으로 가니 도시의 잔해가 조금씩 모습을 드러내더라. 수풀에 뒤덮여 있었지만 아직 흔적이 남아 있었어.

까맣게 허물어 내린 건물들을 하나하나 다시 쌓아 올렸어. 칠을 다시 하고 부서져 나간 창을 끼우고 전구를 켰지. 도로에 줄지어 버려져 있던 차에 시동을 걸었어. 구부러진 신호등을 세우고 버스에 번호판을 붙이고 헤드라이트를 켰어. 그

버스에서 줄지어 나오는 사람들을 생각했어.

정류장에서 기다리는 나를 생각했어.

당신이 책에 얼굴을 파묻은 채로 버스에서 내리는 것을 보았어. 정신을 놓고 여기가 어딘가 한참 생각하는 얼굴을 하다가 나를 보고는 반색을 하며 다가오는 것을 보았어.

눈알이 없는 마스코트 인형이 서 있는 놀이공원을 지났어. 바이킹에는 물이 가득 담겨 있었고 웃자란 물풀이 흘러내리고 있었어. 붉은 꽃이 가득 자란 철로를 걸었어. 물에 반쯤 잠긴 지하도를 지났어. 지하철이 물을 헤치고 달려왔고 그 안에서 물에 젖은 사람들이 옷을 짜면서 걸어 나왔어.

당신이 거기서 멍하니 생각에 잠긴 채로 걸어 나와. 잘못 내렸나 하며 주위를 두리번거려. 내가 기름 잔뜩 묻은 옷을 입은 채 가서 당신 볼을 쿡 찌를 때까지.

하객들이 덩굴 꽃으로 뒤덮인 차를 몰고 왔어. 몸에서 도꼬마리며 풀을 털어 내며 나오더라. 풀꽃을 뜯어서 부조금 대신 손에 들고 이끼와 담쟁이와 나팔꽃에 휘감긴 건물로 들어와.

당신이 문가에 서 있어. 이 무거운 치마를 어쩌면 좋으냐고 뒤뚱거리고 있어. 하객들 사이로 오는 나를 보며 핀잔을 줘.

늦었잖아.

그러게.

내가 맨발에서 모래를 털며 말해.

처음이라 긴장했나 봐.

나는 멈춰 섰어.

우리가 결혼하기로 한 교회가 눈앞에 서 있었어.

당황해서 주위를 두리번거렸어. 교회는 말 그대로 폐허 한가운데에 혼자 서 있었어. 수백 년의 세월이 다 무어냐는 듯이. 태풍이며 비며 눈이며 전쟁이며 그런 것이 다 뭐냐고 코웃음 치듯이. 마치 혼자 다른 시간의 흐름을 탄 것처럼. 남루하고 늙었고, 지붕 한쪽은 내려앉아 있었지만 굳건했어.

나는 계단을 올라가 까맣게 때가 탄 문설주를 쓰다듬었어. 혹시 내가 아직도 환상을 보고 있나 싶어서. 그때 시골집 문설주를 쓰다듬던 당신이 생각났어. 당신이 했던 말이 생각났어.

사람이 드나드는 집은 오래간다고.

　누군가가 문을 열고 닫고 환기를 시켜 주고, 이불을 펴고 누워 자고 깨고, 불을 때고 요리를 하고, 먼지를 쓸고 물기를 닦아 주는 집은.

　그제야 당신 편지가 떠올랐어.

　그렇게 수십 번 반복해서 들었는데, 왜 지금까지 떠오르지 않았을까? 당신이 마지막에 뭐라고 했는데.

　'항구에 당신이 없으면…….'

　문설주에서 뭔가 후드득 떨어졌어. 낡아서 천 끈이 끊어진 것 같았어. 떨어진 것들을 주웠어. 삭고 곰팡이가 나 있었지만 알아볼 수 있었어. 내가 친구들에게 준 목걸이였어. 떨리는 손으로 안에 들어 있는 사진을 꺼냈어. 사진 뒤에는 결혼식 당일에 찍은 것처럼 보이는 사진이 같이 들어 있었어.

　그 후로도 계속 왔나 봐. 뒤에는 애인이나 자식과 함께 찍은 사진이 있더라. 침대에 누워 있는 노인의 사진도 있었어. 나를 향해 손가락으로 브

이v를 하고 있더라. 거기에 '먼저 간다, 인마.'라고 쓰여 있었어.

'항구에 당신이 없으면······.'

당신이 내 귀에 속삭였어. '혼자라도 기분 내야지.'

삭은 카펫이 맨발에 밟히며 삐그덕 소리를 냈어. 발을 옮길 때마다 하얀 먼지가 향처럼 일어났어. 의자는 녹슬고 낡았지만 정돈되어 있었어.

제단 뒤 벽에 색 바랜 종이가 겹겹이 붙어 있는 것이 눈에 들어왔어. 원래는 색지였을 것 같았지만 모두 회색이었어. 거기에 물먹은 글씨로 비슷한 말이 잔뜩 적혀 있었어.

나는 한 번 넘어졌어.

일어나 다가갔어. 종이는 만지는 대로 부서져 나갔어. 종이마다 붙여진 시기가 달랐어. 수백 년 전 것도 있고 수십 년 전 것도 있었어. 몇 년 단위로 왔을 때도 있었던 것 같았어.

벽을 따라 걷다가 커튼을 잡았는데 죽 흘러내리더라. 그 뒤에 종이며 리본이 누군가가 칼로 마구 생채기를 낸 것처럼 찢겨 나가 있었어. 그 위에 스프레이로 "이건 말도 안 되는 짓이야. 그이는 없어. 백만 년쯤 전에 죽었을 거야."라고 쓰여 있었어.

나는 그 앞에 오래 서 있었어. 말이 심장을 베서 피가 통하지 않았어. 주저앉았고 그대로 오래 앉아 있었어.

다행이라고 중얼거렸어. 속은 다른 말을 했지. 그래도 나는 다행이라고 말했어. 그만둬서 다행이라고.

한참을 그러고 있다 일어나려는데 널브러진 커튼에 붙어 있는 종이가 눈에 띄었어. 노란색이라서 눈에 띄었어.

노란색이었어.

색이 남아 있다는 건 창에서 들어오는 햇빛에 색이 바래지 않았다는 거야. 어릴 때 창가에 놓아 둔 책들을 떠올렸어. 몇 년 가지 않고 표지가 하얗게 바랬었는데.

종이를 커튼에서 떼어 냈어. 잘 안 떨어지더라. 접착제가 아직 남아 있다는 뜻이었어. 작년이었을까? 한 달 전? 어제?

방금?

해가 기울며 창에 걸쳐졌어. 창에 걸쳐진 해가 은빛 커튼을 드리우며 안에 있는 것들이 다 모습을 드러냈어. 비질을 한 바닥, 새로 종이를 얹은 제단, 제단에 놓인 꽃병, 누군가가 불을 피운 흔적이며 그 위에 얌전히 놓인 양은 냄비까지. 사람이 밟고 오간 발자국이며 이부자리 흔적까지.

바람이 불어와 삭고 낡은 종이가 우수수 떨어졌어. 햇빛이 내려앉아 글씨를 황금빛으로 비추었어.

기다리고 있어
내가 여기 있어

이야기 밖의 이야기

작가의 말

　얼마 전 오랜 지인으로부터 정중한 메일을 받았습니다. 사랑하는 사람이 생겼고 결혼을 할 예정인데, 남편과 아내 모두 팬이니 프러포즈용 소설을 써 줄 수 있겠느냐는 것이었습니다. 프러포즈를 하면서 낭독할 용도로요. 혹시라도 무례한 부탁이라면 미리 진심으로 사과드린다는 말과 함께요.

　메일을 보자마자 웃음이 났어요. 아직까지 로맨스 소설은 둘째치고 남녀가 이어지는 소설도 써 본 적 없는 작가에게 프러포즈 소설이라니. 가능하겠나 하는 생각 너머에서 흥미가 생겼습니다. 어차피 같은 원고료요, 명확한 의뢰가 아니겠습니까. 축하하고 싶은 마음도 있고, 읽다가 이 사람이 창피해서 대기권 밖으로 탈출해 버릴 소설을 쓰는 것도 재미있을 것 같았습니다.

"그래서, SF 청혼 소설입니까."

"SF 말고 다른 걸 쓰실 수 있어요?"

"그런가."

쓰기 전에 기존에 있는 SF 청혼 소설을 참고했습니다. 배명훈 작가의 《청혼》(문예중앙)과 곽재식 작가의 《당신과 꼭 결혼하고 싶습니다》(온우주)를 재독해 보니 다들 어디론가 가는 이야기라, 저는 기다리는 소설을 써 보자고 생각했습니다. 또 예전에 「미래로 가는 사람들」(중단편집 《멀리 가는 이야기》에 수록, 행복한책읽기)을 쓸 때 조금 생각해 두었던 주인공의 부모님 세대의 이야기를 택했습니다.

낭독할 것을 전제로 한 소설이라 배경음악을 부탁했습니다. 의뢰자께서 선택한 노래는 '화이트'의 〈사랑 그대로의 사랑〉입니다. 책을 읽으며 함께 들어 봐 주시기 바랍니다. 제가 집필 중에 함께 들었던 노래는 임태경이 부른 패티김의 〈사랑은 생명의 꽃〉과 이적의 〈거짓말 거짓말 거짓

말〉입니다.

출간에 대한 욕심 없이 단 두 사람만 볼 소설이라는 생각으로 썼습니다. 가벼운 마음인 동시에 다른 종류의 긴장감을 갖고 임했습니다. 단 두 사람만 만족하면 되지만 두 사람은 완전히 만족해야 했으니까요.

로맨스를 써 본 적은 없지만 제대로 쓴다면 나 스스로가 변할 것이라 생각했습니다. 이 글을 다 쓰고 사람을 사랑하고 싶다는 마음이 들지 않으면 제대로 쓴 것이 아닐 거라 생각했어요. 다 쓰고 나니 실제로 그런 마음이 들더군요. 한 사람, 혹은 두 사람을 위해 쓴다는 것만으로도 이렇게 글쓰기가 부드러워지는데, 사랑하는 사람을 위해 쓰는 것은, 또 한 사람을 생각하며 사는 것은 사람의 삶을 얼마나 바꾸게 될까 생각합니다. 그런 생각이 들자 내가 변한 것을 알게 되었고, 내가 이 글을 제대로 썼다는 것도 알게 되었습니다.

프러포즈는 성공적이었고 두 분은 지금 행복하게 잘살고 있습니다. 간혹 접하는 두 분의 사는 모습이며 나누는 대화가 마치 이 소설의 속편과도 같아서 행복하고 기쁠 뿐입니다.

하나뿐인 독자와 완벽한 편집 회의도 나눌 수 있었고, 글값 이상의 많은 감사를 받았습니다. 글을 쓴다는 것은 참으로 좋은 일입니다. 그저 글을 쓸 뿐인데, 사람의 일생에 이처럼 중요한 일에 함께할 수 있다니.

2015년 4월

김보영

독자의 말 (남자 편)

　결혼을 계획하고 양가의 허락을 받은 건 한참 전인데도 얼마 전까지 프러포즈를 하지 못하고 있었어요. 네, 프러포즈라는 건 상대에게 결혼하자고 청하는 것이고, 그러니 양가의 허락을 받기 전에 상대에게 먼저 결혼에 대한 동의를 구하는 게 제대로 된 프러포즈의 순서라는 것 정도는 알고 있습니다. 그런데 어찌어찌하다 보니 많이 늦어지고 말았죠.

　주위 사람들에게 물어보면 대부분 비슷한 답을 주더군요. 간단하게 넘어가려면 좋은 음식점에 가서 좋은 음식을 먹으며 그럴듯한 화술과 함께 반지를 전달하면 된다고요. 그런데 아무리 생각해 봐도 제 화술이 그다지 믿음직스럽지도 못하거니와, 이건 그저 조금 비싼 밥을 먹고 반지를 건네는 것일 뿐이지 그냥 평소에 '결혼하자.'라고 말하는 것과 뭐가 다르겠나 싶더라고요.

그럴듯한 화술이 부족하다면 맘 편하게 이벤트 업체에 의뢰를 하라네요. 교외의 펜션을 빌리고 짐을 푼 후에 두어 시간 나갔다가 들어오면 숙소에는 수많은 풍선과 촛불, 케이크 등등이 준비되어 있을 거라고. 전문 성우가 미리 녹음을 해서 가상으로 만든 라디오 프로그램을 통해 프러포즈를 할 수도 있고, 한강 유람선 선상에서 미리 준비한 밴드의 음악을 들으며 프러포즈를 할 수도 있고, 자동차 트렁크에 가득한 장미꽃과 풍선들이 고전적이고 유치하지만 의외로 효과가 있다고. 그런데 아무리 생각해 봐도 이건 아닌 거 같더라고요. 별다른 노력을 기울이지 않고 돈을 지출하는 것만으로 가볍게 넘어가는 건 제 마음을 상대에게 전하는 데 알맞지 않아 보였어요.

고민에 고민을 계속하다가 몇 달 만에 아이디어 하나를 냈어요. 둘이서 함께 뭔가 하나를 만들고는 그걸 서약의 징표로 삼자는 아이디어였는데, (둘이서 만들어야 하니 비밀리에 진행하지 못하고 어쩔 수 없이 설명을 했다가) 설득에 실패. 좌절했죠.

한 달을 더 고민했습니다. 가장 좋다고 생각했던 아이디어가 거절당했으니 더 훌륭한 아이디어를 떠올리는 건 불가능했죠. 처음에 떠올렸다가 제 능력 밖이라고 생각해서 포기했던 아이디어를 다시 검토했어요. 반쯤 좌절한 상태로 에라 모르겠다 하면서 결정한 건, 청혼을 주제로 한 단편소설을 낭독해서 그걸 들려주는 거였죠. 제 목소리가 그렇게까지 매력적인 것도 아니고 사전에 낭독에 대한 교육을 받은 적도 없는데 제대로 할 수 있을까 싶었지만, 제가 검토했던 수많은 프러포즈 아이디어 중에서 실행에 옮기는 게 가능한 건 그나마 이것밖에 없었어요. 남들에게 이 얘기를 했다간 '에이, 그게 뭐야.' 하는 반응이 나올 것 같았습니다. 그래서 아무에게도 조언을 구하지 못했죠.

처음으로 떠올린 작품은 배명훈 작가의《청혼》이었어요. '웹진 거울'에 처음 발표할 때에는 단편이었지만 실제로 출간된 건 중편이죠. 길어요. 녹음하기에는 무리가 있다 싶었어요. 일단 다른 작품을 더 찾아보기로 했습니다.

다음으로 떠올린 작품은 곽재식 작가의 《당신과 꼭 결혼하고 싶습니다》였어요. 네, 이건 《청혼》보다 더 길죠. 어째서 청혼에 대한 작품들은 다들 이렇게나 긴 걸까요.

혹시나 해서 조금만 녹음을 해 보았는데, 대충 계산을 해 보니 대여섯 시간짜리가 될 것 같더라고요. 《청혼》이든 《당신과 꼭 결혼하고 싶습니다》든 녹음을 하라면 못 할 것까진 없겠죠. 하지만 프러포즈를 하기 위한 낭독을 대여섯 시간쯤 하다니, 이게 무슨 판소리 완창도 아니고, 결혼하려는 생각을 하다가도 듣다 지쳐서 승낙을 안 할 것 같더라고요.

그럼 어떡하나.

어떡합니까, 기존에 나온 작품 중에 마땅한 게 없다면 새로 나올 작품 중에 찾아야죠. 여자 친구가 가장 좋아하는 소설가가 두 명 있는데, 마침

제가 그중 한 명과는 인연이 있어요. 이분은 강원도에서 농사를 지으면서 글을 쓰시는데, 그곳이 경치도 좋고 공기도 좋아 여름 휴가철마다 놀러 가는 정도의 친분은 있어요.

혹여나 출판사가 아닌 개인이 이런 식의 청탁을 한다고 불쾌해하시면 어쩌나 하는 생각이 끊임없이 들었지만, 에라 모르겠다 하고 메일을 보냈습니다. 당장 발등에 불은 떨어졌는데 어쩝니까. 썩은 동아줄이라도 잡을 판이잖아요.

안녕하세요, 사실 제가 곧 결혼을 하려고 하는데 프러포즈를 못 하고 있어요, 그래서 청혼을 소재로 한 단편소설을 낭독하려고 하는데 기발표된 작품들 중에서는 도저히 못 찾겠어요, 마침 여자친구가 작가님을 무지막지하게 좋아한다고 해서 부탁을 드리는 건데요, 소설 하나만 써 주세요.

다행히도 청탁을 받아 주셨어요. 몇 가지를 물어보시더니 마침 떠오르는 이야기가 있다고 하시더라고요. 여름이라 메일이 오가고 며칠이 지난 뒤 작가님 댁에 놀러 갔는데, 같이 놀러 간 일행들도 제 연애 사실을 모르고 있던 터라 일행의 눈을 피해 작가님과 얘기를 나눴죠.

그리고 몇 달이 지났어요. 원고가 들어왔어요.

처음에는 고마운 마음으로 읽기 시작했는데, 곧 이야기에 빠져들었어요. 장대한 스케일의 SF 속에, 청혼을 하는 한 남자의 간절한 로맨스가 들어 있더군요.

목소리를 가다듬고 녹음을 시작했습니다. 이야기를 들려주면서 그 이야기에 제 자신이 빠져들고 있더군요. 행복하게 웃다가, 찌질하게 도망치다가, 통곡도 하고, 체념도 하고, 그렇게 두근거리면서 소설을 읽었습니다. 교정을 보느라, 편집을 하느라, 녹음을 하느라 수십 번도 넘게 읽었는데 매번 이야기에 빠져들었어요. 그럴 수밖에 없었죠. 그 이야기는 우리 둘을 위한 이야기였으니까요.

자정이 가까운 한밤의 한강변에 차를 세우고 휴대폰에 저장한 MP3를 틀었어요. 익숙하면서도 낯선 제 목소리가 부끄러워 한쪽에 고개를 처박고 있다가 그만 잠이 들어 버렸죠. 여자 친구는 제가 잠이 든 것도 모르고 제 목소리를 계속 들었어요. 이야기가 끝날 때 흘러나오는 음악 소리에 깨어나 보니, 여자 친구의 눈은 촉촉이 젖어 있었어요.

프러포즈는 성공적으로 끝났어요.

혹시나, 좋은 글이 어설픈 낭독자 때문에 제대로 전달되지 않을까 걱정을 했더랬죠. 그래서 나름대로 최선을 다해 편집을 하고 출력을 하고 칼질을 하고 바느질을 하고 풀칠을 해서 자그마한 손제본 책도 만들었어요. 제 목소리를 좋아해 줬던 만큼 책도 좋아해 주어서 정말 행복했답니다.

책은 두 권을 만들었습니다. 하나는 영원히 우리 둘이 갖고, 나머지 하나는 우리 둘을 위해 이야기를 만들어 주신 고마운 작가님께 보내 드렸어요.

어떻게 고마움을 표현해야 할지 상상도 되지

않을 만큼 고마워요. 덕분에 남들과는 전혀 다른 새로운 프러포즈의 기억을 남기게 되었어요. 우리 둘이 가장 사랑하는 작가님이 우리 둘의 결혼을 축복해 주신다니. 아마 그 누구도 이런 호사는 누리지 못했을 거예요.

예쁘게 살게요. 행복합니다. 고마워요.

독자의 말 (여자 편)

프러포즈를 꼭 받아야 하냐는 질문을 받으면 '사람마다 다르겠지만, 당사자가 원한다면 해 줘야 한다.'라고 말하곤 했습니다. 누군가에게는 그리 중요하지 않을 수도 있지만 다른 누군가에게는 꼭 받고 싶은 평생의 순간일 수도 있기 때문입니다. 후자 같은 사람에게 프러포즈를 못 받았다며 두고두고 원망을 들을 바에야, 평화로운 미래의 가정을 위해서라도 해 주는 것이 좋지 않을까 했죠. 그 당시에는 결혼을 생각해 본 적이 없던 터라, 프러포즈는 저와는 무관한 이야기라고 생각했습니다.

그런데 막상 제가 프러포즈를 받을지 결정할

때가 되니, '굳이 거부할 필요 있나, 받을 수 있으면 받아 보자!'라는 생각이 들었고, 프러포즈가 필요한지 물어보는 남자 친구에게 1초의 망설임도 없이 해 달라고 말했습니다. 남자 친구는 순간 당황한 눈빛을 보였으나, 조금 시간이 지난 후 신이 난 표정으로 프러포즈 계획을 말해 주었습니다. 얼토당토않은 그 계획을 듣자마자 저는 "하지 말아요."라고 대답했고, 그 뒤로 프러포즈에 대해서는 까맣게 잊고 있었어요.

결혼 준비로 한창 정신없는 나날을 보내던 어느 날, 저녁 근무를 마치고 남자 친구가 집까지 데려다주는 길에 자신이 녹음한 무언가를 들려주더군요. 네, 바로 이 책의 내용입니다. 정말 평생 잊지 못할 프러포즈를 받았습니다. 부끄럽다면서 눈을 감은 남자 친구는 나중에 코까지 골면서 숙면을 취했지만, 어쨌든, 감동했습니다. 너무 고맙더라고요.

이 자리를 빌려 무모한 계획에 훌륭한 글을 써 주신 작가님께 진심으로 감사드리고, 지금은 남편이 된 남자 친구에게도 고생했다고 전하고 싶습니다. 개인적인 계기로 시작된 글이지만 둘만 알기엔 아까울 정도로 좋은 글이기에, 책으로 나와서 매우 기쁩니다. 읽어 주셔서 감사합니다.

해설 지구만큼 고독한 남자의 기다림
서희원(문학평론가)

사랑하는 이여
오지 않는 너를 기다리며
마침내 나는 너에게 간다
아주 먼 데서 나는 너에게 가고
아주 오랜 세월을 다하여 너는 지금 오고 있다

—황지우, 「너를 기다리는 동안」 중에서

『당신을 기다리고 있어』와 『당신에게 가고 있어』는 각각 빛의 속도로 항해하며, 속도가 만드는 시차 속에서 서로를 기다리고, 서로를 찾아가는 남자와 여자의 이야기를 담고 있다. 결혼이라는 사랑의 약속을 통해 하나가 된 남녀를 부부라고 부르듯이 이 두 권의 소설은 개별적인 텍스트인 동시에 하나로도 읽을 수 있는 소설이다. 이 가정의 테두리를 좀더 확장하면 이들 부부의 아들인 성하의 이야기가 담긴 『미래로 가는 사람들』은 '가족'이라는 형태로 묶여 하나로 이어진다.

경우에 따라서는 지구 밖에서 지구를 바라보는 것이 지구에 살고 있는 사람들이 주변을 두리번거리며 관찰하는 것보다 더 의미 있는 시선을 제공할 때가 있다. 이 소설도 그러한데, 『당신을 기다리고 있어』의 말미에 수록된 「이야기 밖의 이야기」 중 〈작가의 말〉은 김보영의 '스텔라 오디세이 트릴로지'가 어떻게 탄생했는지, 어떻게 짝을 찾았는지, 또 어떻게 과거와 인연을 맺어 3부작이 되었는지를 알려 주는 일종의 '신화'와 같다. 간략하게 정리하자면, 김보영 작가의 오랜 팬인 두 사람이 "프러포즈를 하면서 낭독할 용도"(110)의 소설을 부탁하였고, 이를 김보영 작가가 흔쾌히 수락하며 "SF 청혼 소설"(110)이라는 크로스오버 텍스트 『당신을 기다리고 있어』가 창작된 것이다. 김보영 작가는 "예전에 「미래로 가는 사람들」을 쓸 때 조금 생각해 두었던 주인공의 부모님 세대의 이야기"(111)를 구체화시켜 이 텍스트를 썼다고 말하고 있다. 그리고 이후 『당신을 기다리고 있어』에서 담아내지 못했던 여자의 이야기를 『당신에게 가고 있어』라는 별도의 텍스트로 완성한다. 하나의 소설이 실제의 남녀가 맺어지는 인연에 개입하고, 이 과정에서 예전의 텍스트와 결합하고, 그 남녀가 가족을 만드는 것처럼 새롭게 인연을 넓혀서 3부작으로 완성되는 과정은 그 자체로 흥미로움을 충분히 자극하는 이야기이다.

「이야기 밖의 이야기」에 언급된 사항 중 김보영 소설의 이해를 위해 중요한 것은 로맨틱한 작업 과정보다는 이 소설이 '청혼'을 위해 '낭독'할 것을 전제로 써졌다는 사실이다. 낭독은 묵독과 달라서 이야기가 말하는 사람의 목소리를 통해 듣는 사람의 귀로 들어온다. 귀로 들어온 목소리는 곧 인식에 흔적만 남기고 휘발되기 때문에 그것을 '귀로 읽는 사람'은 '눈으로 읽는 사람'과는 달리 오직 목소리가 전해 주는 이야기의 그다음으로만 갈 수 있다. '눈으로 읽는 독자'가 이해의 정도에 따라 조금 전에 읽었던 곳으로 페이지를 넘겨 다시 읽거나, 한꺼번에 여러 줄을 눈에 담아 놓고 내가 따라 읽는 행간의 주변에 놓인 단어들에 간접적인 영향을 받으며 읽는, 보통의 독서 방식을 취할 수 없다는 것이다. 그렇기 때문에 이야기는 훨씬 직관적이어야 하고, 에피소드나 디테일에 신경을 분산시키기보다는 서사의 선을 굵게 만들어서 독자가 안정적으로 따라갈 수 있는 일방통행 도로의 형태처럼 진행되어야 한다.

게다가 '청혼'이라는 목적은 이 목소리에 더욱 집중하고, 그럴 수 있도록 호소력 있는 분위기를 가질 것을 요구하는데, 사랑을 고백하는 사람이 바람에 날리는 머릿결이나 주변 사람들의 반응을 신경 쓰지 않듯, 이야기가 진행되는 배경은 주인공의 행동과 내면에 비하면 의미가 없거나, 주의 깊게 바라보지 않아도 괜찮을 정도로 무시되거나 축소될 수밖에 없다. 사실 이러한 점은 18~19세기 리얼리즘에서 출발한 노블novel과 궁정연애에 기원을 두고 있는 로맨스romance의 장르적 차이이

기도 하다. 노드롭 프라이는 이렇게 설명하였다. "소설가novelist는 인격personality을 취급한다. 이 경우의 등장인물들은 페르소나, 즉 사회적 가면을 쓰고 있다. 소설가는 안정된 사회의 틀을 필요로 하며, 그러므로 훌륭한 소설가의 대부분은 지나치게 소심하다고 말해도 좋을 만큼 인습을 존중해 왔다. 로맨스 작가는 개성individuality을 취급한다. 이 경우의 등장인물들은 진공 속에 존재하며, 몽상에 의해 이상화된다. 또 로맨스 작가는 아무리 보수적이라 할지라도, 그의 글에서는 무언가 허무적인 것 또는 야성적인 것이 계속 나올 가능성이 있는 것이다."* 이 설명을 김보영의 작품으로 가져오자면, 소설의 개연성을 중시하는 독자들은 "선박 부품 납품 업체"(10)에서 근무한 경험밖에 없는, 그것도 내근직에 불과한 남자가 "돛단배"(42) 또는 "조각배"(67)라고 자조적으로 부르는 작은 우주선에 몸을 싣고, 직접 조종하며(!), 어떤 때는 파괴된 우주선을 직접 수리하고(!!), 그 오랜 시간 동

---

* 노드롭 프라이, 『비평의 해부』, 한길사, 1982, 432쪽.

안 광속에 가까운 속도로 지구 주위를 항해하며 여자를 기다리는 모습(!!!)에 감동하기보다는 이 것이 과학적 사실이나 사회적 '인습'에 맞지 않는 다고 지적할 것이다. 하지만 로맨스의 독자들은 그러한 세속의 사정보다는 주인공이 품고 있는 의 지와 이상을 중요하게 여기며, 문자 그대로 '진공' 속에서 펼쳐지는 모험이 결실을 맺을 때까지 감동 적으로 따라 읽는 것을 의미 있게 여긴다.

게다가 SF란 많은 연구자들이 동의하는 것처 럼 "상상력에 새로운 관점을 부여하는 신화를 창 조하기 위해 과학을 서사적으로 사용하는 것"*이 지 딱딱한 수학식을 문자로 옮겨 이야기로 풀어 쓰는 것이 아니다. 현대 이론물리학을 선도하는 학자 중 한 명인 에드워드 위튼은 계산보다는 몽 상을, 수식보다는 명상을 주로 하는 자신의 작업 방식을 이렇게 설명한 바 있다. "물리학을 전공하 지 않은 사람들은 물리학자가 엄청나게 복잡한 계산으로 하루를 보낸다고 생각하겠지만, 물리

---

* 세릴 빈트, 『에스에프 에스프리_SF를 읽을 때 우리가 생 각할 것들』, 전행선 옮김, arte, 2019, 12쪽.

학의 핵심은 계산이 아니라 개념입니다. 이 세상이 돌아가는 이치를 개념적으로 이해하는 것, 그것이 바로 물리학의 목적이기 때문입니다."* 그러니 독자들에게 당부하는 데, 김보영의 '스텔라 오디세이 트릴로지' 3부작을 보다 '잘' 읽는 방법은 노트를 펼쳐 놓고 각각의 챕터 소제목에 적힌 비행 속도와 지구 시간의 간극을 계산하며 이것이 얼마나 엄밀한 과학적 이론에 근거하고 있는지를 확인하는 것이 아니라, 특수상대성이론이라는 '개념'이 만들어 놓은 시공간에서 펼쳐지는 모험의 경이로움을 느긋하게 감상하는 것이며, 그 시간의 무상한 흐름보다 가치 있는 인간의 의지와 사랑에 동감하는 것이다. 편하게 얘기하자면, 당신을 위해서라면 별도 따다 주겠다는 청혼자의 말을 들으면 그것이 가능하냐를 따지기보다는 그냥 그 사람의 손을 잡고 그의 의지가 가리키는 미래를 지긋이 바라보라는 그런 말이다.

---

* 미치오 카쿠, 『초공간』, 박병철 옮김, 김영사, 2018, 247쪽에서 재인용.

『당신을 기다리고 있어』와 『당신에게 가고 있어』는 빛의 속도로 항해하는 우주선의 개발과 이를 통해 성간星間 여행이 가능해진 "21세기"(21), 그러나 그렇게 멀지 않은 근미래의 한국을 배경으로 하고 있다. 소설의 배경이 그렇게 먼 미래가 아니라고 판단할 수 있는 것은 주인공들의 상념이나 기억, 생활의 곳곳에 남아 있는 "수능 시험"(11)이나 "한메일"(58) 등과 같은 사회적 기호들이 알려 주는 동시대적 감각 때문이다. 그렇게 보자면 이 소설에서 21세기는 과학이 안내해 주는 가능성의 미래로 열린 시간이고, 20세기는 이미 역사에 기록된 사실로 닫힌 시간에 불과하지, 실제 우리가 경험하고 있는 시간의 엄밀한 변화에 맞춰져 있지 않다.

김보영의 소설이 성간 여행이라는 소재를 선택하고 있음에도 불구하고 과학의 안정적 발전이 그것을 가능하게 해 줄 다소 먼 미래가 아니라 가까운 미래를 배경으로 하고 있는 이유는 너무나도 분명하다. 김보영이 광속의 시차를 통해 보여 주고자 하는 것은, 우리가 흔히 이제는 잃어버린 것이라고 말하는 낭만적 열정에 기반하고 있는 사랑, 아니, 시간이나 사회의 변화도 어찌할 수 없는 절대적 가치의 사랑이지, 먼 미래의 인간들이 행할 사이버네틱한 남녀상열지사가 아니기 때문이다. 이 사랑은 서로에게 보내는 편지의 형태를 취하고 있는 소설의 소단원들이나 그들이 무중력의 상태나 별이 스쳐 지나가는 우주선의 창가에 기대어 연필로 쓰고 있는 손편지, 소중하게 간직한 결혼반지, 교회에서 올리는 경건한 결혼식 같은 로맨스 문학의 낭만적 소재를 통해 찬미되는 대상이지, 눈에 보이지도 않는 아주 먼 미래의 인간미 없는 후손에게서 찾을 수 있는 무선 충전 같은 형태의 교접은 아니기 때문이다.

광속으로 성간 여행이 가능해진 시대에 남자와 여자는 지구 시간으로 "4년 6개월"(8) 후에 있을 결혼식을 약속하며 헤어지고 있다. 여자가 다른 별로 이주하는 가족을 배웅하기 위해 지구에서 가장 가까운 또 다른 태양계인 "알파 센타우리"(9)를 다녀와야 하기 때문이다. 남자는 지구에 있다면 어쩔 수 없이 경험하게 되는 "9년"이라는 시간을 줄이기 위해 "기다림의 배"(9)를 타고 두 달간 태양계를 광속으로 여행하는 것을 선택한다. 시간이 물체의 속도에 따라 각기 다른 빠르기로 흐른다는 아인슈타인의 우주로, 남자와 여자는 곧 함께할 언약의 시간을 믿으며 길을 나선다. 빛의 속도로 진행되는 이 이동을 경험한 남자는 이렇게 자신의 소회를 아름답게, 하지만 두려운 마음과 함께 적어낸다.

배에 있으면 움직인다는 느낌이 들지 않아. 바람도 소리도 없어. 별빛은 기울어져 눈앞에 전부 쏠려 있어. 온 우주의 별이 다 한데 모여 섬광처럼 빛나. 여기 있다 보면 빛의 속도로 나를 스쳐 가는 것은 온 우주고, 지구며, 내 집과 친구들이고, 나는 여기에 서 있다는 기분이 들어. 그래서 내 시간도 서는 거라고.

공간과 시간이 같은 것이라는 말을 누가 했는데. 다른 시간대로 가는 건 다른 장소에 가는 것이나 마찬가지라지. (16~17)

우주는 남자와 여자가 낙관했던 것처럼 평평

한 2차원의 종이 위에 적힌 수식처럼 안정적일
수 없는 공간이다. 남자와 여자가 타고 있는 배는
서로의 사정에 따라 멈췄다 가속하기를 몇 차례
반복하고, 남자와 여자는 서로의 시간을 줄이기
위해 다른 배로 옮겨 탄다. 그리고 사소해 보였
던 시간의 오차는 점점 걷잡을 수 없을 만큼 벌어
진다. 남자가 편지에 울먹이며 적는 것처럼 우주
에서의 몇 분은 지구에서의 몇 년이 되는 것이다.
"선장이 착오로 시간선을 잘못 탔대. 얼마나 늦어
지냐고 했더니 우리는 몇 분 차이 안 난대. 하지
만 지구에는 3년 후에 도착할 거라는 거야."(20)

자신과 결혼하기 위해 우주를 날아오고 있을
여자를 기다리기 위해 남자는 자신에게 호의를
베푸는 선장이 건네준 "작은 배"(41)를 타고 혼자
우주를 떠도는 모험을 선택한다. "태양풍과 태양
전지"(42)로 연료의 주입 없이 항해할 순 있지만,
"광속에 이르려면 1년은 가속해야"(43)하는, 너무
작기 때문에 "2년 치의 식량을 실을 수 없"(43)는,
그렇기 때문에 시간의 정지를 경험할 수 있는 광
속의 속도까지는 결코 도달할 수 없는 "방 한 칸쯤

되는 배"(42)를 타고 남자는 기꺼이 기다림의 영겁으로 여행을 떠난다. 식량이 떨어지면 지구로 돌아오는 과정을 반복하던 중 남자는 운 좋게 "3D 프린터"(47)와 비슷한 작동 원리를 가진 "흙이든 뭐든 담으면 분자 단위에서 분해하고 재조합해서 먹을 수 있는 개 사료 같은"(47) 식량을 만들어 주는 "밥통"을 구한다. 이렇게 의식주에 대한 욕망을 최소한으로 채워 주는 "돛단배"를 타고 남자는 지구와 그 주변을 표류하며 언젠가 있을지도 모르는 실낱같은 만남의 희망을 품고 생존한다.

남자가 경험하는 삶은 생활이라고 부를 수 없는 처절한 생존에 가까운데, 그것은 마치 진공 속에서 살아가는 것 같은 절대의 고독 속에서 삶이 진행되기 때문이다. 작은 우주선에서 찾을 수 있는 남자의 말벗은 고작 분열된 자기 자신이거나 자신의 환상일 뿐이다. 이 절대적 고독의 시간에서 그는 간신히 아주 간신히 살아남는다. 이 처절한 생존은 지구의 시간 단위로 말하자면 10년 가까이 지속된다. 그사이 지구의 시간은 "대충"(73)이나 "아마도"(83)란 덧없는 셈법처럼 빠르게 흘러가고, "223년"(83)을 지나 계산할 수 없을 만큼 아득해진다. 남자가 작은 배에 몸을 싣고 보낸 10년에 가까운 시간은 아주 먼 옛날 포세이돈의 분노 때문에 지연된 오디세우스의 10년에 걸친 귀향과 시간적으론 비슷하지만, 그 절대의 고독이란 상황 때문에 28년 동안 절해고도에 갇혀 있었던 로빈슨 크루소의 그것과 더욱 닮아 있다. 물론 좀 더 엄밀하게 말하자면, 남자의 시간이 디포 Daniel Defoe의 로빈슨 크루소가 그랬던 것처럼, 합리적이며 신중한 성격과 치밀한 계획을 통해 무인도를 경영이 가능한 문명의 땅이자 '홈 스위트 홈'으로 만드는 그런 개발의 과정이라고는 말할 수 없다. 『당신을 기다리고 있어』의 남자는 황무지를 개간하는 개발업자의 심정으로 지구를 경영하기보다는 원전의 폭발, 전쟁, 운석과의 충돌을 경험하며 급격하게 붕괴하는 지구의 문명과 함께 소멸하는 것을 꿈꾼다. 그를 구원할 것은 단하나, 여자와의 약속된 만남이다. 이 과정에서 남자의 내면은 시간의 풍화를 겪는 사물처럼 급속하게 무너져 내린다. 그 과정을 기록하며 남자가 사용하는 "미친 사람처럼"(63), "정신이 나가 버렸어"(59) 등의 문구는 단순한 수사가 아니라 외로움의 시간을 간신히 버텨 가는 남자의 내면을 정확하게 표현하는 진단에 가깝다. 이런 점에서 남자를 로빈슨 크루소의 후예로 말하자면, 그의 직계는 디포의 크루소가 아니라 미셸 투르니에 Michel Tournier가 다시 쓴 『방드르디 혹은 태평양의 끝』(1967)의 로빈슨 크루소가 보여 주는 고립된 인간의 광기에 더욱 가깝다.

남자가 경험하는 고독과 내면의 붕괴를 가장 잘 보여 주는 인상적인 장면은 「일곱 번째 편지」에서 읽을 수 있다. 안정적인 항해를 위해 지구로 돌아온 남자는 자신의 작은 우주선을 수리하는 도중에 갑자기 건물 하나가 "물에 젖은 모래성처럼, 수명을 다한 고목처럼" "소리도 없이 허물어"(48)지는 것을 목도한다. "집은 고독으로 폭삭 늙어 버린 듯했어. 이리 외로울 바에야 살 가치가 있냐고 말하는 것 같았어. 두어 해 사이에 혼자 스무 해는 산 것 같았어."(49) 남자의 말처럼 기약 없는 고독은 남자의 내면을 천천히 잠식하며 그를 생명력이 다 빠진 화석처럼 만들어 버린다.

　꽃잎을 하나씩 뜯으며 '그녀는 온다, 오지 않는다.'를 반복하는 그런 덧없는 시간은 흘러가고, 항구에서 여자를 기다리던 남자는 예전에 탔던 "기다림의 배"가 도착하는 것을 보게 된다. 배 안의 사람들이 남자를 순순히 환대하지는 않았지만 남자는 그들과 함께 떠날 수 있는 기회를 얻게 된다. 남자는 "우리가 무한의 강을 같은 방향으로 달리면서 우연히 마주치기를 기원하는 사람들이나 다름없다는 생각"을 하며 "이 강은 끝이 없고 노를 저어 돌아갈 수도 없"기에 "이제 당신을 만날 수 없을 거란" 아니, "당신은 나를 만나러 올 수 없"(69)다는 예감을 분명하게 느낀다. 하지만 남자는 "기다림의 배"에 승선하여 새로운 시공간에서 펼쳐질 사회화의 과정을 선택하지 않는다. 대신 남자는 자신이 여자에게 보낸 그리움과 투정, 기다림과 절망이 담긴 편지를 선장이 훔쳐봤기 때문에 함께할 수 없다는 사소한 이유를 대며 이를 거절한다.

　개인적으로 이 장면은 소설의 마지막에 강렬하게 암시되는 두 사람의 만남보다 더 나를 상처

입히고, 한동안 멈춰 서게 만들었다. '수치', '모멸', '부끄러움' 같은 비슷한 단어를 다 써도 제대로 설명되지 않을 것 같은 남자의 이 심정이 너무나도 절절하게 느껴졌기 때문이다. 기다림이 존재의 이유가 되었기에 기꺼이 고독을 선택하는 남자의 마음은 당당하지도, 그렇다고 너절하지도, 허전하지도 않다. 아득한 시간이 아득한 대로 의미 있는 것은 눈에 보이지도 않는 먼 곳에 있다고 느끼고 있기 때문에 보이지 않는다고 말할 수 없는, 그대가 어디선가 오는 듯이 헤매고 있고, 내가 그런 그대를 찾아 기다리는 듯이 떠돌고 있기 때문이 아닐까, 남자의 기다림마저 없다면 온 우주는 얼마나 덧없을까, 하는 생각이 이 장면에서 들었기 때문이다. 그리고 기다림과 절망의 끝에서 자신이 죽을 곳을 찾아가는 코끼리처럼 약속의 교회로 발길을 돌린 남자는 "말 그대로 폐허 한가운데에 혼자 서 있"는, "수백 년의 세월이 다 뭐냐는 듯이, 태풍이며 비며 눈이며 전쟁이며 그런 것이 다 뭐냐고 코웃음 치듯이, 마치 혼자 다른 시간의 흐름을 탄 것처럼"(100) 굳건하게 서 있는 건물의 모습을 보게 된다. 낡았지만 정돈되어 있는 교회의 내부 벽은 오랜 시간 동안 수없이 많은 방문의 흔적을 담고 있는 노란색의 종이로 뒤덮여 있다. 소설은 두 사람의 만남을 예고하듯이 황금빛으로 빛나는 교회 벽을 보여 주며 끝난다. "바람이 불어와 삭고 낡은 종이가 우수수 떨어졌어. 햇빛이 내려앉아 글씨를 황금빛으로 비추었어."(107) 나는 이 마지막 장면에서 토니 올란도 앤드 던 Tony Orlando And Dawn의 노래 〈Tie a Yellow Ribbon Round the Ole Oak Tree〉에 나오는 노란 리본을 가을의 나뭇잎처럼 매달고 서 있는 오래된 나무를 떠올렸다.* 구닥다리라고? 그럼 어때. 그게 내

---

* 『당신에게 가고 있어』에는 다음과 같은 언급이 나온다. 항구에서 구조 신호를 보낸 여자는 "기다림의 배"를 타게 되는데 그곳에서는 "종일 같은 노래가 흘러나"온다. 그 노래는 "옛날 가수 노래인데, "집으로 돌아가는 길에~." 라고 시작"(2-46)한다고 적혀 있다. 물론 『당신에게 가고 있어』의 '작가 후기'인 「이야기 밖의 이야기」에는 이 소설의 배경음악이 김윤아(자우림)의 〈going home〉이라고 적혀 있다. 이 노래는 "집으로 돌아가는 길에~."란 구절로 시작한다. 하지만 〈Tie a Yellow Ribbon Round the Ole Oak Tree〉 역시 "I'm coming home~."으로 시작한다. 다르게 말할 수도 있을 것이다. 이 노래가 벽면 가득 노란색 리본 대신 기다림의 애절한 마음을 적은 노란색 종

가 보낸 시간의 OST인걸.

이를 붙이는 여자의 무의식적 행동에 영향을 주었다고.

한 사람을 사랑하는 것은 우주를 사랑하는 것이며
한 사람을 위한 일은 우주를 위한 일이고
한 사람을 위한 선물은 우주를 위한 선물이 아닌가 합니다.

그러니 이 책이 당신께도 좋은 선물이 되리라 믿으며.